मेट्रोनामा

हैशटैग वाले क़िस्से

देवेश

मेट्रोनामा

हैशटैग वाले क़िस्से

सार्थक
राजकमल प्रकाशन का उपक्रम

ISBN : 978-93-6086-766-9

मूल्य : ₹250

पहला संस्करण : 16 फरवरी, 2024

राजकमल प्रकाशन का उपक्रम
सार्थक

प्रकाशक
राजकमल प्रकाशन प्रा. लि.
1-बी, नेता जी सुभाष मार्ग, दरियागंज
नई दिल्ली-110 002

शाखाएँ
अशोक राजपथ, साइंस कॉलेज के सामने, पटना-800 006
पहली मंज़िल, दरबारी बिल्डिंग, महात्मा गांधी मार्ग, प्रयागराज-211 001
1, अनमोल सोराबजी सन्तुक लेन, धोबी तलाव, मरीन लाइंस, मुम्बई-400 002
वेबसाइट : www.rajkamalprakashan.com
ई-मेल : info@rajkamalprakashan.com

मुद्रक
यश प्रिंटोग्राफिक्स
नोएडा-201 301 (उत्तर प्रदेश)

METRONAMA : Hashtag Wale Qisse
Short Stories by Devesh

—इसमें जाकर लोगों से हम पैसे नहीं माँग पाएँगे कभी—

फ़ुटपाथ पर बैठकर अपने हमउम्र से यह कहते
उस बच्चे के नाम,
जिसकी उँगलियाँ ऊपर से जा रही मेट्रो की ओर इशारा
कर रही थीं...

यात्रियों से अनुरोध है...

रात की आख़िरी मेट्रो थी। पूरे कोच में मेरे अलावा एक लड़का और था जो मेरे सामने ही बैठा था। दोनों तरफ़ निगाहें दौड़ाने पर अन्दाज़ा हुआ कि इस समूची मेट्रो में कुल सात-आठ लोग ही हैं। हम दोनों मेट्रो का मुआयना करने लगे। उसके पीछे मेट्रो की दीवार पर एक बैंक का इश्तेहार लगा था। बैंक सस्ता कार लोन ऑफ़र कर रहा था। उसे पढ़ते ही मैंने सोचा कि क्या बात है, मेट्रो में बैठनेवालों को कार ख़रीदने के लिए ललचाया जा रहा है। इसी दौरान मेट्रो में एक उद्घोषणा हुई—'जेबकतरों से सावधान रहें।' यह सुनते ही मैंने उस लड़के की तरफ़ देखा तो मुझे ही देख रहा था। हम दोनों मुस्करा उठे। इन मुस्कराहटों में एक भरोसा था कि मेरे सामने वाला शरीफ़ इनसान है, एक आशंका भी थी कि मेरे सामने वाला कहीं...

उस दिन उपजे विश्वास और आशंका ने यह कोण दृष्टि को दिया कि मेट्रो में यात्रा करते समय हमारे

आसपास का हर यात्री एक चलती-फिरती कहानी का पात्र है। चूँकि यह देश की राजधानी की मेट्रो है तो इसमें देश के हर कोने के लोग, हर तरह के लोग दिखते-चलते हैं। इन पर ग़ौर करना शुरू किया और ग़ौर करते जाने का परिणाम आपके सामने है। पढ़िए, हो सकता है आप भी इस यात्रा में शामिल हो जाएँ।

फेसबुक से शुरू हुए इस सिलसिले को किताब की शक्ल दी जा सकती है, ये राय पहली बार सुदीप्ति जी ने वर्षों पहले दी। उनके प्रति आभार! मेरा सौभाग्य है कि ये सारी कहानियाँ मृत्युंजय भइया की कड़ी निगाहों से गुज़रकर इस रूप में पहुँचीं। आचार्य रजनीकान्त जी और ऋचा दीदी का मार्गदर्शन जीवन के हर क्षेत्र में मिलता ही है। किताब के विषय वस्तु को तकनीकी रूप से अन्तिम रूप देने के लिए विद्यालय के दो साथियों ममता पांडेय जी और सुरभि को भी मैंने ज़हमत दी। किताब के प्रभावी रेखांकन के लिए विक्रम नायक का धन्यवाद। इन सबके प्रति आभारी हूँ।

पत्नी सावित्री, दोनों बेटियाँ प्रतीचि और सूफ़ी सपोर्ट सिस्टम हैं। मम्मी-पापा और भाई मनीष का प्यार ही सक्रिय रहने का आधार है। परिजन और मित्र तो 'हारिल की लकड़ी' हैं मेरे लिए, जिनकी बदौलत उड़ने का प्रयास जारी है। अन्त में DMRC के पूर्व प्रबन्ध निदेशक ई. श्रीधरन सर का धन्यवाद। वे मेट्रो का सपना न देखते तो 'मेट्रोनामा' भी सम्भव नहीं हो पाता। साथ ही मेट्रो के समस्त कर्मचारियों का आभार जो दिल्लीवासियों की दिनचर्या को सुचारु बनाते हैं।

मेरी दूसरी किताब राजकमल प्रकाशन समूह से प्रकाशित हो रही है, इस भरोसे के लिए राजकमल प्रकाशन समूह की पूरी टीम, विशेष रूप से शिप्रा जी का धन्यवाद।

दिल्ली मेट्रो में आपका स्वागत है...

जनवरी, 2024
दिल्ली

देवेश

1

दोनों मेट्रो में आ तो गए लेकिन गेट बन्द होते-होते ही आए; अन्दर आते ही कन्या ने कृत्रिम ग़ुस्सा दिखाया—'क्या ज़रूरत थी ऐसे दौड़ लगाने की... नेक्स्ट मेट्रो से चल लेते यार। तुम हमेशा जल्दी में क्यों रहते हो?' जवाब देने की बजाय नायक मुस्कराते हुए अपनी कुहनी देखता है। नायिका थोड़ी-सी घबराई—'अरे लगी तो नहीं ना, गेट एकदम से बन्द हुआ था ना?' नायक ने बस 'इट्स ओके' कहा और नायिका ने उसकी कुहनी पर फूँक का मरहम लगाया जो चोट की तरह ही अदृश्य था!

कुछ देर तक दोनों ने लंच के बाद खाई हुई आइसक्रीम की गुणवत्ता पर चर्चा की; बातों-बातों में नायिका ने कहा—'चलना कभी हमारे पंजाब...वहाँ खाने के बाद लस्सी पीना, उससे ज़्यादा अच्छा कुछ भी नहीं!' नायक का चेहरा पंजाब की हरियाली-सा झूम उठा!

थोड़ी देर बाद नायक ने अपनी जेब टटोलते हुए कहा—'अरे मेरा फ़ोन कहाँ है...शिट यार!' नायिका ने तुरन्त अपने मोबाइल से नायक का नम्बर डायल किया और नायक का फ़ोन कन्या के ही पर्स के अन्दर बजता हुआ सुनाई दिया! कन्या ने ग़ुस्से और ताज़्ज़ुब की मिली-जुली भावभंगिमा चेहरे पर लाते हुए कहा—'रजत यार क्या बदतमीज़ी है ये!'

नायक हँसता ही जा रहा है...नायिका ने फिर कहा—'एक मिनट ये क्या कॉलर ट्यून लगाई है तुमने?' यह कहते हुए नायिका ने दोबारा कॉल किया कान से मोबाइल लगाया...कॉलर ट्यून सुनते हुए उसकी ख़ुशी चेहरे से साफ़ झलक रही थी! बोली—'पर तुम्हें तो पंजाबी आती ही नहीं ना... फिर पंजाबी गाना क्यों लगाया?' नायक ने कहा—'अरे बाबा, पंजाबी गाने तुम्हें तो पसन्द हैं ना और फिर कॉल तुम करोगी तो सॉन्ग तुम्हें ही तो सुनाई देगा!' कन्या ख़ुश हो गई और कॉलर ट्यून पर लगा सॉन्ग ही गुनगुनाने लगी!

नायक ने कहा—'अब लस्सी इतनी तो अच्छी नहीं होती होगी, जितनी तुम्हारी मुस्कराहट है!'

नायिका ने शरमाते हुए 'धत्' कहा...नायक ने उसका सिर पकड़ा और मोबाइल से एक सेल्फी ले ली!

2

वैशाली मेट्रो स्टेशन के प्लेटफ़ॉर्म पर मेट्रो के आठवें डिब्बे का गेट देर तक खुला रहा। प्लेटफ़ॉर्म पर ही नायक और नायिका चुम्बनक्रीड़ा में इतनी देर तक तल्लीन रहे कि लगा आज ये गुरुत्वाकर्षण का कोई एक नियम और ढूँढ़कर ही चैन की साँस लेंगें। हम दर्शकों के मन में कई लहरें उठ-उठकर गिरती रहीं। ख़ैर, चुम्बन का चरण पूरा होने पर जब दोनों ने एक-दूसरे को रिहा किया तो हम दर्शकों ने भी पलकें झपकाईं जो देर से अनझप थीं!

कन्या मेट्रो के अन्दर खड़ी हुई, बालक प्लेटफ़ॉर्म पर खड़ा हुआ। कन्या के चेहरे पर विरह के भाव चहलकदमी करने लगे; बालक बाहर से उसे दिलासे देता रहा। कन्या ने हवाई चुम्बन उछालकर यह ज़ाहिर कर दिया कि 'फिर भी मेरा मन प्यासा...!' मेट्रो के दरवाज़े बन्द हुए। कन्या ने शीशों पर हाथ रखा और बाहर से बालक ने हाथ रखा और टाटा करने के अपग्रेड वर्जन का प्रदर्शन किया। मेट्रो चली...नायिका ने ताहद्देनज़र पीछे की तरफ़ देखा!

नायिका अश्रुपूरित नेत्रों के साथ सावन-भादो कर रही थी कि अचानक उसने अपनी जेब और पर्स को टटोला...फिर पहले हैरानी और उसके तुरन्त बाद रोमांच का भाव चेहरे पर लाते हुए मोबाइल निकाला। नम्बर डायल किया और बोली—'बेबी मेरा मेट्रो कार्ड तो आपके ही पास रह गया, अब आपको आनन्द विहार मेट्रो स्टेशन पर मुझसे मिलना होगा!

आनन्द विहार मेट्रो स्टेशन पर नायिका उतरकर प्लेटफ़ॉर्म के एकदम अन्त में जहाँ डिजिटल घड़ी ने 9:35 बजाए हैं, वहाँ जाकर खड़ी हो गई है। ठंडी हवाएँ चल रही हैं, नायक भी चल ही चुका होगा!

3

सुखदेव विहार मेट्रो स्टेशन के गेट नम्बर दो की सीढ़ियों की छत के नीचे एक कोने में एक कबूतर का घोंसला है, जिसमें से दो नवजात बाहर झाँककर अपनी माँ की राह देख रहे हैं। अभी उनको इस दुनिया का ज़्यादा अन्दाज़ा नहीं है। सामने से गुज़र रहे हर रंग उन दोनों को चौंका रहे हैं।

सीढ़ियों पर एक जोड़ा बैठा है। नायिका को मेट्रो से जाना है और नायक उसे मेट्रो स्टेशन तक छोड़ने आया है और विदा से पहले की रस्म सीढ़ियों पर बैठकर एक-दूसरे का हाथ थामे अदा की जा रही है। नायिका का सिर नायक के कंधे पर है। नायक रस्मी तौर पर नायिका को अपना ख़याल रखने के निर्देश दिए जा रहा है, नायिका बस चुपचाप सुन रही है। बग़ल में एक ट्रॉली बैग रखा हुआ है।

बैठे हुए जोड़े के बग़ल से गुज़रकर लोग सीढ़ियों से चढ़-उतर रहे हैं। उन दोनों को घोंसले से झाँकती चार नन्ही आँखें रह-रहकर देख रही हैं। देर तक उनका यूँ ही बैठे रहना ज़माने को कब भाता। सीआईएसएफ के एक जवान ने आकर उन दोनों को टोका। उन दोनों को उठना पड़ा। हाथ छुड़ाने पड़े। नायिका ऊपर की सीढ़ियाँ चढ़ने लगी। नायक उतरने लगा। तीन बार दोनों ने मुड़-मुड़कर एक-दूसरे को देखा।

ऊपर आते हुए नायिका की नज़र कबूतर के घोंसले से झाँकते बच्चों पर जाती है, नायिका के चेहरे पर मुस्कान तैर जाती है। तभी वहाँ माँ कबूतर आ जाती है। दोनों बच्चे बारी-बारी से अपनी चोंच अपनी माँ की चोंच में डालते हैं। तीनों की ख़ुशी देखने लायक थी। नायिका की मुस्कराहट स्थिर हो जाती है। वो मोबाइल के कैमरे से इस ख़ुशी को कैप्चर कर लेती है। और कुछ सोचकर एक नम्बर मिलाकर कहती है—'सुनो ना, मेरी ट्रेन तो अभी दो घंटे बाद है ना, कैब से जाऊँगी तब भी तो टाइम से पहुँच जाऊँगी ना, चलो ना,

कैब से स्टेशन तक छोड़कर आओ मुझे। घरवालों से कोई बहाना कर लो। हम कुछ देर और साथ रह लेंगे, प्लीज़!"

नायक वापस आ जाता है, नायिका सीढ़ियाँ उतर जाती है। दोनों एक-दूसरे का हाथ थामे खड़े हैं। नायक मोबाइल पर शायद कैब बुक कर रहा है। अब घोंसले से तीन जोड़ी आँखें इस दृश्य को देख रही हैं...और अब मुस्कान पाँच चेहरों पर बैठ गई है।

4

मेट्रो में हूँ...सामने एक मूक-बधिर युगल है, चेहरे पर मास्क है, एक-दूसरे से हाथों और आँखों के इशारे से बातें कर रहे हैं!

मैं इनकी बातें समझ पाने में पूर्णतः अक्षम हूँ। बग़ल में बैठी महिला की गोद में एक प्यारी-सी बच्ची है। बच्ची की नज़र जब उक्त नायिका से टकराई तो बच्ची मुस्करा दी। मास्क के ऊपर आँखों के किनारे थोड़े गहरे हुए और मास्क में थोड़ी हलचल हुई। नायिका मुस्करा रही है।

नायक ने नायिका को हाथों के इशारे से गोद में बच्चे को झुलाने चित्र दिखाया। नायिका की नज़रें झुक गई हैं। नायक अब हाथों से दिल बनाकर दिल के पास लगा रहा है। नायिका बच्ची की तरफ़ देखने लगी।

अचानक नायिका ने नायक की तरफ़ देखा, बच्ची की तरफ़ इशारा करके उँगलियों को क्रमशः उठाकर पूछा—'एक या दो...?'

नायक ने दोनों हाथों की उँगलियों को एक साथ दिखाते हुए इशारे में जवाब दिया—'दस'

नायिका देर से हँस रही है और बग़ल में बैठी बच्ची भी हँसने लगी है। भावनाओं ने बोलने की असमर्थता को बोलने की अनावश्यकता में बदल दिया है।

5

साकेत मेट्रो स्टेशन से एक सुन्दर कन्या का प्रवेश हुआ। बालों के रबर से लेकर सैंडल तक सब पिंक। लगा जैसे गुलाबों का गुलदस्ता चलते-फिरते मेट्रो में आ गया! कन्या ख़ाली पड़ी सीट पर बैठती है। बहुत ही सलीके से अपने पर्स में से एक बहुत ही छोटी-सी पानी की बॉटल निकालती है। उसमें से एक घूँट पानी पीती है और होठों के पास ठहरी एक बूँद को भी अपनी तर्जनी की सहायता से मुँह में डाल लेती है। अपने कपड़ों को एक बार ठीक करती है, बालों को चेक करती है और तसल्ली से बैठ जाती है!

अगले स्टेशन से कन्या के ठीक सामने आकर एक भाई साहब खड़े होते हैं। हतप्रभ से हो जाते हैं और उनका मुँह लगभग खुला रह जाता है। बेचारे कुछ सोचकर मोबाइल निकालते हैं लेकिन नज़र कन्या पर ही रखते हैं। कन्या मोबाइल में तो नहीं उलझी है लेकिन ना जाने किस सोच में गुमसुम बैठी है!

अचानक कन्या की नज़र भाई साहब पर पड़ी और वो बोली—'एक्सक्यूज़ मी...तुम अनन्त हो ना?' जवाब में भाई साहब ने बस दाँत चियार दिया। कन्या उठकर खड़ी हो गई—'इतने दिनों बाद...कहाँ हो, कैसे हो, तुम तो बिलकुल ही बदल गए हो...बाल तो ग़ायब ही हो गए तुम्हारे!' इतने सारे प्रश्नों के बदले भाई साहब बस 'हेंहेंहें' करते रहे। फिर बोले—'जॉब कर रहा हूँ छोटी-मोटी...काम चल रहा है किसी तरह!'

'गाना अभी भी गाते हो ना?'

'बस...ऐसे ही कभी-कभी...तुम बताओ, सब ठीक?'

'हाँ यार! सब ठीक ही है...सीपी जा रही हूँ। कुछ दोस्तों से मिलने!'

देर तक इधर-उधर की बातें होती रहीं; भाई साहब ने दम साधकर कहा—'अगर दस मिनट का टाइम हो तुम्हारे पास तो राजीव चौक पर ही सीसीडी में कॉफी पी जाए?'

'सॉरी यार अनन्त, मुझे देर हो जाएगी। ऐक्चुली...डॉटर को पड़ोस वाले शर्मा जी के यहाँ छोड़कर आई हूँ। मुश्किल से निकल पाई हूँ!'

'तुमने शादी कर ली...?' भाई साहब के प्रश्न में बेवजह इतनी जिज्ञासा थी।

'दो साल हो गए!'

राजीव चौक आनेवाला था; कन्या बोली—'मुझे यहीं उतरना होगा...तुम यहीं से चेंज करते हो मेट्रो?'

'अरे नहीं...मैं तो इससे ही रोहिणी तक जाऊँगा!'

कन्या ने हाथ मिलाया। बाय बोलकर निकल गई। भाई साहब मेट्रो के दरवाज़े तक खड़े हदे-निगाह तक देखते रहे। मेट्रो चल पड़ने के बाद तक भी उसी दिशा में देखते रहे! कुछ देर बाद उनका मोबाइल बजा, उठाकर उन्होंने कहा—'हाँ भाई आ तो रहा हूँ...लेकिन सुन...सब्ज़ी नहीं ला पाऊँगा यार! सिरदर्द हो रहा है। प्लीज़ भाई आज तू ही सब्ज़ी ला दे और एक बीयर ले आना यार, मैं पेटीएम कर रहा हूँ। हाँ...हाँ...सब ठीक है। आके बात करते हैं...ओके...चल...बाय!'

6

मेट्रो में तीन सहेलियाँ एक गहरे विमर्श में लगी हैं। इनमें से एक के साथ गौरव नामक बालक ने ताज़ी-ताज़ी बेवफ़ाई की है। फलस्वरूप कन्या आज पानी गरम करने जैसे समकालीन और निहायत ही ज़रूरी काम को करते वक़्त स्मृतियों की आगोश में चली गई और पानी चुपचाप भाप बनकर उड़ गया। और उसकी मम्मी ने बुरा-भला कहते हुए उसको 'कलियुग का धृतराष्ट्र' कहा जिसके माथे पर महाभारत से बड़ा कलंक इस महँगाई में एलपीजी बरबाद करने का लगा है। और ये सब हुआ उस कमीने गौरव की वज़ह से...(गौरव नामक मित्र माफ़ करें, ये बातें बिना किसी काट-छाँट की अविकल प्रस्तुति है)।

ये सब कहते-कहते कन्या रो पड़ी...साथ खड़ी एक सहेली ने कहा—'देख बहन, पिछली होली में ही तो मेरा ब्रेकअप इस गौरव से हुआ था...मैंने तो कई बार तुझसे बता ना चाहा कि वो धोखेबाज़ है। मत पड़ उसके चक्करों में लेकिन यह सोचकर चुप रही कि तुम्हें लगेगा मुझे जलन हो रही है और अब देखो ना इस होली के पहले उसने तुझे भी धोखा दे दिया!'

अब तक चुप खड़ी लड़की ने रुदन करती लड़की से पूछा—'पर किया क्या उसने...ये तो बता?'

कन्या ने पहले पानी पीया और फिर ख़बरें तफ़्सील से सुनाईं—'देख... हर संडे मैं और वो घूमने जाते हैं। एक-दो संडे से मैं फील कर रही थी कि वो कुछ बदला-बदला सा है और आज जब मिलने आया तो किसी से फ़ोन पर बात करता आया और मेरे पास आते ही झटके से काट दिया। मैंने पूछा किससे बात कर रहे थे तो बोला एक दोस्त है गाँव से उसकी कॉल थी; फिर हम राजीव चौक मेट्रो गए। मुझे वॉशरूम जाना था। मैं वॉशरूम गई तो वो दोबारा फ़ोन पर लग गया। मैं वॉशरूम से आके उसके पीछे खड़ी हो गई और उसे पता ही नहीं चला कि मैं पीछे हूँ। वो किसी लड़की से बात कर रहा था।

कह रहा था कि तीन बजे कश्मीरी गेट मेट्रो पर मिलना और अभी कुछ देर कॉल ना करना...बिज़ी हूँ थोड़ा। मैं इतना सुनकर थोड़ी दूर चली गई और ऐसे ज़ाहिर किया जैसे मैंने कुछ सुना ही नहीं। कुछ देर उसके साथ घूमती रही, सिर भी घूमता रहा...तबीयत ख़राब का बहाना करके जल्दी वापस आ गई। घर आकर भी मन नहीं लगा; मम्मा से डाँट खाई। एक बजे से ही आकर मेट्रो स्टेशन पर चुनरी से मुँह बाँधकर बैठी रही। जीटीबी नगर मेट्रो से जब वो चढ़ा तो मैं भी उसी कोच में थोड़ी दूरी पर खड़ी हो गई। वो लगातार फ़ोन पर बात कर रहा था। मैंने उसको कॉल की तो खीझकर मेरी कॉल काट रहा था। कश्मीरी गेट पर वो उतरा...मैं भी उतरकर थोड़ी दूर एक पिलर की आड़ में खड़ी हो गई। एक लड़की आई तो दोनों गले मिले। मैंने फ़ोटो खींच ली और तत्काल उसे वहीं से व्हाट्सेप पर भेज दिया और सामनेवाले प्लेटफ़ॉर्म से वापसी की मेट्रो पकड़ लिया अब देखो वो लगातार मैसेज कर रहा है कि जैसा तुम समझ रही हो वैसा कुछ नहीं है...शाम को कॉल करके बताऊँगा!'

यह बताते-बताते वो फिर रोने लगी...इस मामले में थोड़ी ज़्यादा अनुभवी सखी ने कहा—'वो ऐसा ही है बहन, जैसा तुम समझ रही हो वैसा ही है!'

दूसरी सहेली जो समझदार बनने के प्रॉसेस में लग रही थी, ने कहा—'आई थिंक...तुम्हें एक बार उसकी बात सुन लेनी चाहिए!'

दोनों अब इस पर बरस पड़ीं—'तू बड़ा साइड ले रही है उसका... कहीं तुझे भी तो कॉल नहीं करता है वो!' अनुभव से डूबा एक गहरा वचन आया—'बहन...ज़्यादा से ज़्यादा एक दीवाली टिकेगा वो...अगली होली तक तू भी ऐसे ही रोती मिलेगी कहीं, अब से रास्ता बदल ले!'

अब तीनों चुप हैं!

7

मजलिस पार्क मेट्रो स्टेशन के बाहर की सीढ़ियों पर किनारे एक कन्या बैठी रोए जा रही है...बस रोए जा रही है! बाहर खड़े रिक्शे और ऑटो वालों में से बस एक-दो ने हिचकते हुए पूछा—'कहाँ जाएँगी मैडम?' लेकिन मैडम की तरफ़ से कोई जवाब नहीं आया!

एक ऑटोवाला ठीक सामने खड़े होकर पूछता रहा—'मैडम कहाँ जाएँगी?' उसने तीन-चार बार पूछा तो रोती हुई कन्या चिढ़ गई...बोली—'भाड़ में जाऊँगी!'

ऑटोवाले ने ऑटो में से पानी की बॉटल निकालकर कन्या के बग़ल में रख दी और कहा—'पानी पी लो मैडम जी, फिर आओ बैठो, छोड़ देता हूँ भाड़ तक!'

कन्या चुप हो गई। उसने थोड़ा सा पानी पीया और ऑटो में बैठ गई... ऑटो वाला बोला—'कितने रुपये देती हैं यहाँ से भाड़ तक जाने के?'

कन्या हँस पड़ी—'मज़ाक़ मत करिए भइया, बुराड़ी चलना है, चलिए!'

ऑटो घर्र करके चल पड़ा।

8

विश्वविद्यालय मेट्रो स्टेशन के गेट नम्बर चार के बाहर हमेशा रहनेवाली चहल-पहल के बीच एक जोड़ा बैठा हुआ है। नायक उदास है और नायिका चुपचाप उसका हाथ पकड़े बैठी है। उदासी का आलम ये है कि हर किसी के आगे हाथ फैला रही औरत भी उनके पास ही नहीं जा रही है। नायक की उदासी आसपास के माहौल पर भी जैसे छा रही है।

नायिका ने बात शुरू की—"आंटी से बात कर लो ना, कॉल करो उनको!"

नायक के आँसू जैसे इसी बात के इन्तज़ार में थे कि कुछ कहा जाए और वे बह निकलें। नायिका ने पकड़ और मजबूत बना दी, नायक को रोने दिया। कुछ देर बाद बैग से बॉटल निकालकर नायक को दिया, नायक ने पानी पीया। माहौल थोड़ा-सा हल्का हुआ...नायक ने मोबाइल कान से लगाया और बात शुरू की—"मम्मी प्रणाम, पिंटू बोलत बानी हम...हाँ!"

नायक की बातें सुनकर नायिका मुस्कराने लगी और इशारे से पूछा—'पिंटू कौन है?' इस इशारे में होंठ चले लेकिन आवाज़ नहीं आई। नायक ने मुस्कराते हुए चुप रहने का इशारा किया और बात जारी रखी—"हाँ मम्मी...खाना-वाना भइल आपके...हाँ...का कहीं हम...रोवाई आवाता हमरा...पहिला बार छठ पर घरे ना आय पाएम हम...तनिको मन ना लागत बा हमरा...ऊ त सहिये बा...लेकिन अइसन जिनगी के का फायदा मम्मी...अरे ग्यारह के बा नु हमार पेपर...हाँ...हम त सोचनीं कि पेपर छोड़ देईं लेकिन पापाजी मना कर दीहनैं...लेकिन नीक ना लागत बा हमरा!"

नायिका के चेहरे पर कई शब्दों से अपरिचय की पीड़ा उभर आई लेकिन वो अपनी हथेली से अपनी हँसी को दबाये बैठी है। नायक जारी है—"रोहित दउरा उठा लीहैं अबकी...अच्छा...ठीके बा...हम वीडियो काल त करबै

करेम हम...हम्म...रस्ता में बानी...डेरा पर पहुँच जाएम कुछ देर में...हाँ ठीक बा...प्रणाम!"

फ़ोन कटते ही नायिका बोली—"ये पिंटू कौन है...तुम?" नायक मुस्कराने लगा तो नायिका बोली—"छी...ये कैसा नाम है पिंटू...मैं तो मोहित ही कहूँगी!" नायक की मुस्कराहट का दायरा और बढ़ गया। नायिका ने पूछा—"क्या कहा मम्मी ने?" नायक बोला—"मम्मी कह रही हैं कि बेटा तुम्हारी अच्छी ज़िन्दगी के लिए ही तो व्रत करती हूँ...पेपर दो...नौकरी लो...फिर अच्छी लड़की देखकर शादी करो!"

लड़की ने शरारत के साथ पूछा—"नौकरी तो मिल ही जाएगी। देख लो कोई अच्छी लड़की पहले से ही!" नायक ने उसके बाल खींचकर कहा—"लड़की तो बग़ल में ही बैठी है लेकिन इसे पिंटू से प्रॉब्लम है!"

"ये लड़की तो मोहित से करेगी शादी!" कन्या ने कहा।

नायक ने पूछा—"पिंटू में क्या ख़राबी है?"

नायिका बोली—"अरे मुझे तुम्हारी भोजपुरी का वो गाना बड़ा गन्दा लगता है...ही ही ही हँस देले वाला!"

नायक बोला—"धत् पगली उसमें तो रिंकिया के पापा है ना?"

नायिका ने उठते हुए कहा—" अब जो भी है...मुझे ऐसे नाम नहीं पसन्द। चलो मोमोज़ खिलाओ। सुबह से टेंसुए ढलका रहे हो!"

अब जोड़े ने मोमोज़ खाना शुरू किया तो माँगनेवाली औरत उनके सामने खड़ी हो गई। नायक ने दस का नोट उसकी तरफ़ बढ़ा दिया।

9

मेट्रो के अन्दर भी कई अग्निपरीक्षाएँ चलती हैं, जिसका परीक्षार्थी 'नदी का साथ देता हूँ तो समन्दर रूठ जाता है' की स्थिति का सामना करता है और आज का नायक इसी परिस्थिति में फँसा हुआ है!

विश्वविद्यालय स्टेशन के प्लेटफ़ॉर्म पर नायिका और नायक बैठे हुए हैं। देखकर ही लग रहा है कि ग्रेजुएशन के फर्स्ट ईयर के ही होंगे। कन्या ने बातचीत के दौरान ही टिफ़िन खोला तो नायक ने ऐसे प्रतिक्रिया दी जैसे कुछ देख नहीं रहा है। नायिका ने ऑफ़र किया—'आज पराँठे मैंने बनाए हैं।'

नायक ने काँपती आवाज़ निकाली—'आज मेरा व्रत है।'

'व्हाट?'

'यार मैं बचपन से ही नवरात्र के पहले और आख़िरी दिन व्रत रखता हूँ!'

'ठीक है...करो तुम व्रत, मैं आज कितने मन से पराँठे बनाकर लाई थी!'

अब नायिका इधर-उधर देखने लगी। नायक ने अपना सिर झुकाकर हाथ से थाम लिया...दो मिनट बाद सिर ऊपर उठाया और पराँठा खाने लगा। नायिका को आश्चर्य हुआ लेकिन चुप रही!

खा लेने के बाद नायक ने मोबाइल निकाला, नम्बर मिलाया, कान से लगाया—'हैलो मम्मी...नवरात्र कब से शुरू हो रहा है...क्या आज से...अरे नहीं यार...यहाँ दिल्ली में तो लोग बता रहा हैं कि कल से शुरू हो रहा है।... और कल आपसे भी बात हुई थी तो आपने भी नहीं बताया कि आज से है... आज तो मैंने खा लिया...क्या यार मम्मी आप भी ना?'

10

कश्मीरी गेट मेट्रो स्टेशन के प्रवेश द्वार पर इस समय जब मैं प्रवेश करने के लिए गया तो वहाँ खड़े होकर चेकिंग करनेवाले कर्मचारी ने तो पहले मुझे इस निगाह से देखा जैसे कि वो बहुत बड़ा देशभक्त है लेकिन डर के मारे देशभक्ति दिखा नहीं पाया। सारे अंग्रेज़ चले गए, बस मैं ही आख़िरी अंग्रेज़ बचा हूँ। मेरे जाते ही देश आज़ाद हो जाएगा और यही मौका है कि वो मुझे निपटा कर अपनी देशभक्ति साबित कर देगा! लेकिन इस ख़तरनाक निगाह से देखने के बावजूद उसने मुझे प्रवेश करने दिया!

प्लेटफ़ॉर्म पर खड़ा हूँ। मेट्रो जिसमें कि आठ डिब्बे हैं वो बारह मिनट में आने की सूचना डिस्प्ले बोर्ड पर चमक रही है। मेरे अलावा पूरे प्लेटफ़ॉर्म पर दो लोग और हैं; जो कि शायद किसी हिसाब-किताब में व्यस्त हैं। मैं चुपके से उनके पास जाकर खड़ा हो गया। किसी एक स्टोर पर दोनों साथ काम करते हैं और आज का वहाँ का ख़र्च दोनों जोड़ रहे हैं। सब ठीक चल रहा था कि उनमें से एक बोला कि यार दो दिन से कुल्चे मैं ही खिला रहा हूँ और आज तो तेरा वो फ्रेंड भी आ गया था तो कोका कोला भी लानी पड़ी। इतना सुनते ही दूसरे का पित्त लहर गया। बोला कि कर दी ना छोटी बात, तू रोज़ मेरी बाइक पर जीटीबी नगर तक आता है, मैंने तो कभी उसका हिसाब नहीं किया; और ऊपर से हर संडे मेरी बाइक चमकाता हुआ अपनी गर्लफ्रेंड को घुमाने लेकर जाता है उसका तो मैं ख़याल ही नहीं करता।

पहले वाले को लगा कि साला आधी रात को जीटीबी नगर से पैदल घर जाना पड़ सकता है तो उसने मामले को कवर करने का प्रयास किया—'मेरा मतलब वो नहीं था जो तू नाराज़ हो रहा है। यार आज पैसे कम थे पास इसलिए थोड़ा-सा डिस्टर्ब था तो तुझसे बोल दिया। अब भाई को नहीं कहूँगा तो किसको कहूँगा!

उसने कहा—'ठीक है साले...अब कल भी तू ही कुछ खिलाएगा!'

जवाब आया—'पर...रोज़...।'

बीच में काटते हुए आवाज़ आई—'परसों संडे है ना?'

अब वो चुप है। मेट्रो भी आती दिख रही है!

11

मेट्रो में मामला ख़ुशनुमा हो गया है। बहुत कम होता है ऐसा कि लगभग आधे कोच के लोग मूक श्रोता बने बस एक आदमी की बातें सुन रहे हों और वो आदमी भी मेट्रो में किसी से बात नहीं कर रहा है; वो तो मोबाइल पर लगा है!

दरअसल उसको ये पता लगा कि सीबीएसई का बारहवीं कक्षा का रिज़ल्ट आ गया है। ये पता लगते ही उन्होंने दूरभाष यंत्र निकाला—'हैलो...अरे मास्टर जी...का ई सच बात है कि रेजल्ट आ गया...अरे ई कइसे भाई...हेतना जल्दी कइसे...चुनाव आयोग को दे दिया था का इस बार ये काम सीबीएसई ने...?'

मास्टर जी से प्रमाणित कर लेने के बाद भाई साहब ने न जाने कहाँ कॉल लगाई—'अरे दीदी...किरनवा का रेजल्ट आ गया...पता चला...? ज्ज्जा... दिन-भर टीबी में सीरियल देखिएगा...एकाध बार समाचार भी देख लिया करिए...जल्दी देख के बताइए!'

फ़ोन काटकर दूसरा नम्बर मिलाने तक भाई बड़बड़ाते रहे—'का ज़माना आ गया है भाई...हर घर में पाँच मोबाइल है...पाँचों में नेट है...लेकिन रेजल्ट का पतै नहीं किसी को!' ज़माने को कोसते हुए उन्होंने दूसरी कॉल भी लगा डाली—'का हो भाई...कइसन रहा सिवम बेटा का रेजल्ट...अरे बाह...95 परसेंट...बाप रे बाप...फोड़ के रख दिया लइका...आते हैं साँझ को घर... लड्डू खिलाइएगा ना...अच्छा सुनिए ना दीदी का फ़ोन आ रहा है, मिलते हैं शाम में...हैलो दीदी...का हुआ...सत्तासी परसेंट...ठीकै है लेकिन थोड़ी अउरो रहता ना मज़ा आ जाता...कउनो बात नाही...किरन ख़ुश है ना...ठीक है!'

अब भाई थोड़े से फ्री हुए तो नेट पर ख़बर पढ़ने लगे। अरी साला... टॉपर का बस एक नम्बर कटा है...बाप रे बाप! जुग-ज़माना बदल गया है... हमरे समय में तो साठ परसेंट नम्बर आ जाता था तो हफ़्ता भर बउराये हुए घूमते रहते थे!

दो ज़मानों का तुलनात्मक अध्ययन प्रस्तुत करते-करते अचानक भाई साहब ने बग़ल में खड़े एक बालक से पूछा—'बाबू...कउन सा स्टेशन आनेवाला है?' बालक ने जवाब दिया—'विधानसभा'।

भाई ज़ोर से बोले—'का...अरे...ई हम दुसरा तरफ़ वाला मेट्रो में चढ़ गए हैं...धत् साला!'

विधानसभा मेट्रो स्टेशन से मेट्रो रवाना होने के बाद अब सभी लोग अपने-अपने मोबाइल में लग गए हैं!

12

मेट्रो में एक भाई ने कन्या के गले में हाथ हालाँकि प्यार से ही डाल रखा है लेकिन दूर से देखकर ऐसा लग रहा है मानो बालि ने रावण को दबोच रखा हो। क्योंकि भाई साहब अपने दूसरे हाथ में पकड़े मोबाइल में कोई वीडियो कन्या की आँखों के बिलकुल पास से दिखा रहे हैं और कन्या का हाल ये है कि कुहनी तक पहनी चूड़ियों से उत्पन्न परेशानी को छुपाने के साथ-साथ इस बात को भी अभिव्यक्त करने में कि वो वीडियो में रुचि ले रही है, वो लगभग टँगी हुई-सी बैठी है। और अपनी स्त्रीसुलभ चरम सहनशक्ति का मुज़ाहिरा कर रही है!

ठीक सामने त्रिपुंडधारी पारम्परिक भारतीय गणवेश से आच्छादित एक चचा बैठे हैं। ज़ाहिर-सी बात है कि वे टोटल श्वेत वस्त्र में हैं! चचा के चेहरे से ही ज़ाहिर है कि वे सामने बैठे उक्त नवविवाहित जोड़े को इस तरह बैठा देखकर जलभुन रहे हैं और लोकतांत्रिक देश में रहने के कारण अपनी आँखों के सामने इस सांस्कृतिक पतन को देखने को विवश हैं! और एक बात, चचा पान चबा रहे हैं, उनके मुँह में लगातार चबाने और मेट्रो में थूक ना पाने की घोर मज़बूरी के चलते लगभग लीटर भर सलाइवा तैयार हो चुका है। इस बात की ताकीद चचा का निरन्तर फूलता मुँह कर रहा है जो सांस्कृतिक पतन से उत्पन्न क्षोभ और पान से उत्पन्न और निरन्तर बूँद-बूँद बढ़ रहे सलाइवा के कारण सूजता ही जा रहा है!

सामने बैठे भाई साहब रह-रहकर पत्नी के गालों को चूम ले रहे हैं... घोर अनर्थ...चचा की त्यौरियाँ चढ़ गईं...लेकिन पान कम्बख्त मजबूर कर रहा है नहीं तो चचा शाप तक दे सकते हैं! बिलकुल बग़ल में बैठे एक बुज़ुर्ग को उन्होंने हाथों के माध्यम से सांकेतिक भाषा में यह प्रश्नवाचक सूचना दी—'क्या ज़माना आ गया है?' लेकिन बग़ल में बैठे बड़के चचा इस संकेत

को डिकोड करने में नितान्त असफल रहे और उन्होंने पूछा—'क्या हुआ... आप कुछ कह रहे हैं क्या?' चचा ने हाँ में सिर हिलाया! इधर भाई साहब का नियमित अन्तराल पर चुम्बन जारी था। इस चुम्बकीय घटना ने चचा की मज़बूरी को चरम तक पहुँचाया। चचा ने मुँह एकदम ऊपर की ओर उठाया, गले से आवाज़ निकाली जो सलाइवा के ऊपर तैरती हुई बाहर आई—'देख रहे हैं भाई साहब...कोई लाज-शरम तो बची नहीं है लोगों में!' इस संयुक्त वाक्य के वाचन के दौरान एक गड़बड़ी हो गई, मुँह के एक किनारे से सलाइवा ने अपना हुनर दिखाते हुए रास्ता बना लिया। फलस्वरूप चचा का कुर्ता कत्थई होता गया और चचा इस प्रक्रिया को रोकने में कत्थक करने लगे और इस बीच वो जोड़ा एक स्टेशन पर उतर गया। चचा के आसपास से लोग हट गए हैं, चचा लुटे-पिटे से बैठे हैं। पूरा मुँह ख़ाली होने के बाद भी चुप हैं!

13

मेट्रो में रविवार की वजह से अपेक्षाकृत कम भीड़ है। सुयोग से कॉर्नर की दो सीटों पर एक बुज़ुर्ग दम्पति बैठे हैं, जिनमें से बुज़ुर्ग महिला बार-बार अपनी जूती को झटक रही हैं। अंकल जी ने थोड़ी देर बाद ध्यान दिया और बोले—'अरे! क्या हुआ...क्या प्रॉब्लम है?'

आंटी जी ने बताया—'देखो ना...रिक्शेवाले ने जहाँ उतारा वहाँ कीचड़ था जो लग गया है इसमें...अब मुझे कोफ्त हो रही है!' अंकल जी ने समझानेवाले लहजे में कहा—'अब रहने दो, अभी उतरने के बाद बाहर निकल के पैर धो लेना!' यह सुनकर आंटी जी शान्त हो गईं। थोड़ी स्थिर भी हो गईं। पैर झटकना तो उन्होंने बन्द कर दिया लेकिन लगातार अपनी जूती में लगे कीचड़ की तरफ़ ही देख रही थीं! अब अंकल जी बाक़ी यात्रियों की तरफ़ देख रहे हैं। वहीं खड़े एक लड़के से टाइम पूछा। फिर उनकी नज़र सामनेवाली दो सीटों पर बैठे युगल पर ठिठक गई! दोनों पास्ता खा रहे हैं। दोनों ख़ुश हैं। अंकल जी के चेहरे पर यह दृश्य देखकर एक सन्तुष्टि तैर गई! कन्या के चेहरे पर खाते हुए कुछ लग गया और वो हाथ से पोंछने ही वाली थी कि लड़के ने उसे रोक दिया और जेब से अपना रूमाल निकाला और कन्या के चेहरे को साफ़ किया!

यह देखकर अंकल जी मुस्करा उठे। बग़ल में बैठी आंटी जी को देखा जो अपनी सैंडल को घूरे जा रही थीं! अंकल जी मुस्कराते हुए खड़े हुए, जेब से रूमाल निकाला और झुककर आंटी जी के सैंडल पर लगे कीचड़ को साफ़ करने लगे। वे 'अरे-अरे' कहती रह गईं...तब तक अंकल जी उनका सैंडल साफ़ कर चुके थे!

अगर आज दिल्ली में बारिश नहीं होती तो ये मेट्रोनामा भी नहीं होता। बारिश सिर्फ़ गर्मी से ही राहत नहीं दिलाती बल्कि कई बार, कई तरह से, दिल को भी सुकून पहुँचाती है!

14

चाँदनी चौक मेट्रो स्टेशन के गेट नम्बर 5 के बाहर एक बड़ा-सा पार्क है। इस पार्क में हर वक़्त कई लोग लेटे-बैठे रहते हैं। चाँदनी चौक की मशहूर कपड़ों की मार्केट में आने-जानेवाले लोग इसी पार्क को पार करके दुकानों के महासागर में गोते लगाते हैं। आज एक बेंच की तरफ एक मध्यवर्गीय परिवार बढ़ रहा है—माँ-बेटी और पिता। पिता को बेंच के किनारे जगह मिल जाती है। माँ-बेटी घास पर बैठ जाती हैं। पिता के बग़ल में कई सारे थैले रखे हुए हैं। उनके चेहरे पर जैसे कोई हिसाब-किताब चल रहा है। माँ के चेहरे पर जैसे कोई लिस्ट लटक रही है जो बता रही है कि अभी थैलों की संख्या और बढ़ेगी। एक ही बार में कहाँ बेटी की शादी के लिए खरीदारी होती है! और बेटी...वह आसमान की ओर देख रही है। चेहरे पर फ़िलहाल कोई भाव नहीं है। गोद में रखे मोबाइल पर मैसेज की नोटिफिकेशन टोन लगातार बजे जा रही है, लेकिन उसका ध्यान उन पर नहीं जा रहा है। पिता की आवाज़ से उसका ध्यान टूटता है—"याशी बेटा...क्या सोच रही हो? थक गई क्या!"

जवाब याशी की जगह माँ ने दिया—"पहले ही दिन थक गई! अभी तो कम-से-कम दो दिन और आना होगा..." बिटिया बस उतना ही मुस्कराती है कि एक बार चेहरे की रेखाएँ हिलकर आपस में मिल जाएँ। वह बेंच पर बैठे पिता के पास खिसक जाती है और उनकी आँखों में बहुत गहरे एक दफ़ा देखकर उनकी गोदी में सिर रख देती है। पिता मुस्कराते हुए उसके सिर पर हाथ फेरने लगते हैं।

माँ चुप हैं आँखों पर नियंत्रण करने की कोशिश कर रही हैं। आवाज़ काँपती है—"बीस दिन और बचे हैं...बस!" पिता के हाथ सहसा रुक जाते हैं, लेकिन फिर तुरन्त ही पहले की तरह बिटिया का सिर सहलाते हुए कहते हैं—"अरे तो क्या हुआ...रहेगी तो दिल्ली में ही...क्यूँ याशी!"

याशी गोदी में और गहरे सिर छुपा लेती है। पीछे बैठी माँ उसकी पीठ पर हाथ फेरती है। पिता उनको इशारे से ऐसी बात करने से मना करते हैं। सामने ही बुढ़िया के बाल बेच रहे आदमी को पिता इशारे से बुलाते हैं और एक गुलाबी गुच्छा लेकर बिटिया से कहते हैं—"लो बेटा...याशी, तुम बचपन में बहुत खाती थी बुढ़िया के बाल!"

याशी ने सिर ऊपर उठाया। आँखों में बादल घिर चुके थे लेकिन पिता की बात से मुस्कान आ ही गई। वो बुढ़िया के बाल उनके हाथ से लेकर खाते-खाते कहती है—"पापा...आप दो दिन ऑफ़िस की छुट्टी कर लो और मुझे दिल्ली में वो सारी जगहें घुमाओ जो बचपन में घुमाते थे और मम्मी, प्लीज़, आप उन दो दिनों में एक बार भी ये नहीं कहेंगी कि अब मेरी शादी में कितने दिन रह गए हैं!"

पिता ने सहमति में सिर हिलाया। माँ ने छेड़ा—"ठीक है...बेटा...अब मैसेज तो देख ले...गौरव का ही होगा!" बिटिया चिढ़ते हुए कहती है—"रहने दो मम्मी...क्या देखना...शादी के बाद तो उसकी ही सुननी है!"

सब हँसने लगते हैं। पिता ने कहा—"ठीक है तो हम परसों जाएँगे चिल्ड्रेंस पार्क और इंडिया गेट!" बिटिया ने चहकते हुए कहा—"और हम इंडिया गेट पर फ़ोटो खिंचवाएँगें!"

दिन के बीतने की रफ़्तार थोड़ी कम हो गई जैसे। माहौल में मुस्कराहटें तैर रही थीं।

15

उसकी आँखों में काजल है। उसने ब्ल्यू जींस के ऊपर पिंक कलर का स्वेटर पहन रखा है। कानों में दो छोटी-छोटी रिंग भी हैं। वो नॉर्मली खड़ा है लेकिन उसमें कुछ तो ऐसा था जिससे वो लोगों की घूरती निगाहों का केन्द्र बना हुआ है। वो इतने आत्मविश्वास में है कि इन सबसे बेख़बर है। उसके सामने ही एक पति-पत्नी अपने तीन-चार साल के बच्चे के साथ बैठे हैं! बच्चा उसकी तरफ़ देखकर मुस्करा रहा है। वो भी मुस्कराकर 'हैलो' बोलता है लेकिन तभी बच्चे का पिता जान-बूझकर बच्चे को मोबाइल में कुछ दिखाने लगता है। लेकिन बच्चा मोबाइल पर एक नज़र देखने के तुरन्त बाद ही उसकी तरफ़ देखता है जो अभी भी वैसे ही मुस्कराते हुए खड़ा है। बच्चा हाथ हिलाता है। वो भी हाथ हिलाता है। अचानक मेट्रो स्टेशन पर मेट्रो रुकती है तो बच्चे का पिता पीछे वाले प्लेटफ़ॉर्म पर खड़ी मेट्रो बच्चे को दिखाता है लेकिन बच्चा फिर उसकी तरफ़ देखने लगता है। बच्चे की माँ ये भाँप लेती है कि उसका पति कुछ चिढ़-सा रहा है!

आज दिल्ली में रविवार की सुबह बहुत ही सर्द है। बर्फ़ में लिपटी हवा और धुंध हर तरफ़ है इसलिए अभी तक मेट्रो में इक्का-दुक्का लोग ही हैं! उसको ये अन्दाज़ा हो गया कि बच्चे का पिता क्यों बार-बार बच्चे का ध्यान उसकी तरफ़ से हटा रहा है इसलिए वो वहाँ से दूसरी कोच की तरफ़ चल देता है। ठीक उसी वक़्त बच्चे की माँ अपने पति से पूछती है—'तुम क्यों चिढ़ रहे थे इतना...बच्चों से तो सभी लोग मुस्कराते हुए हाय-हैलो करते ही हैं?'

पति ने दाँत पीसते हुए लेकिन धीरे से जवाब दिया—'तुम्हें दिख नहीं रहा है कि वो एक हिजड़ा है...देखो उसकी चाल देखो!'

पत्नी स्तब्ध हो गई और बच्चा बार-बार पूछता रहा कि हिजड़ा क्या होता है...हिजड़ा क्या होता है?

16

राजौरी मेट्रो स्टेशन के बाहर बन्द पड़े गेट की छाँव में एक ठेला खड़ा है। ठेले का चालक ठेले पर बैठा हुआ है, उसकी पत्नी और दो बच्चे ज़मीन पर बैठे हुए हैं। छोटा बच्चा ख़ाली हो चुकी नीले रंग की पानी की बॉटल के ढक्कन को ना जाने किस उम्मीद से खोलकर मुँह से लगा रहा है। पास बैठी माँ उसके सिर पर हाथ फेरती हुई कहती है—"अरे घर चल के पी लिये पानी!"

पिता, जो कि छाँव पी रहा है और इतनी हिम्मत आने का इन्तज़ार कर रहा है कि वो परिवार को ठेले पर बैठाकर खींचता हुआ घर तक पहुँच सके। बड़े बेटे की नज़र सामने लालबत्ती पर गाड़ियों के रुकते ही उनकी तरफ़ भागती महिलाओं पर है लेकिन बच्चे की आँखों में आश्चर्य बैठा हुआ है, वो माँ से पूछता है—"ई सब कैसी जनानी हैं अम्मा...ई सब तो मरद जैसी लग रही हैं?" सवाल में कुछ तो ऐसा था कि पूरे परिवार ने पहले उन सबकी तरफ़ देखा...लेकिन माँ ने जवाब देने की बजाय बच्चों का ध्यान दूसरी तरफ़ बँटाने की कोशिश की, लेकिन बड़ा बेटा बार-बार उन्हीं लोगों की तरफ़ देखता रहा।

माँ ने पिता को आँखों ही आँखों में कुछ इशारा किया। पिता ने बेटे को पास बुलाया और कहा—"बेटा...शाम हो रही है, घर चलो...आओ बैठो सब!" सब बैठने लगते हैं लेकिन बच्चे के चेहरे पर वही सवाल डेरा डाले था। ठेला खींचने की पहली ही कोशिश में पिता की एक चप्पल उखड़ जाती है और तुरन्त वहाँ से निकलने की कोशिश विफल हो जाती है।

इधर लाल बत्ती हरी हो चली तो वे चार लोग, जिन्होंने साड़ी पहन रखी है, हाथों में कई सारे नोट पकड़े रखे हैं। ये भी छाँव में आ जाते हैं। माँ अपने छोटे बेटे को गोद में बैठा लेती है। पिता बड़े बेटे को बातों में उलझाने की कोशिश में लग जाता है। वे सारे आपस में बातें करते हैं, उनकी मोटी आवाज़ें सुनकर लड़के का आश्चर्य बढ़ता ही जाता है। जब माँ ने छोटे बेटे को गोद

में बैठा लिया तो बेटे ने पानी की माँग की लेकिन बॉटल तो ख़ाली थी। बेटा ज़िद करने लगा। माँ ने पिता से कहा—"तुम चलते काहे नहीं?" पिता ने कहा—"चप्पल टूट गई...सड़क भसम हो रही है अभी...कुछ देर बाद चलेंगें!"

अब उस समूह की नज़र इस परिवार पर जाती है। उनमें से एक ने अपने पर्स से छोटी सी पानी की बॉटल निकालकर आगे बढ़ाई, और कहा—"ले बेटा...पानी पी ले?" माँ बेटे को लिये-लिये ही खिसक गई और बेटे से बोली—"इनका पानी नहीं छूना!" उसने मुस्कराते हुए अपने हाथ वापस खींचे और कहा—"पानी में क्या इनका-उनका!" बेटे के चेहरे पर प्यास ने जो सूखापन उभार रखा था, पिता ने उसे समझ लिया था, पिता ने कहा—"ले ले बेटा...पानी पी ले!" बच्चे ने पानी पी लिया।

लाइट फिर लाल हुई। वे सब चले गए। माँ ने पिता के सामने ऐतराज़ जताया कि उसकी बॉटल का पानी बेटे को क्यों पीने दिया। बड़ा बेटा अब और परेशान हो रहा था। अभी तक तो उन सबकी आवाज़ और पहनावे का मामला ही वो नहीं समझ पा रहा था, ऊपर से माँ ने भाई को उसका पानी लेने से मना क्यों किया, ये जिज्ञासा भी हुई उसे। उसने पिता से फिर पूछा—"कौन हैं ई लोग?"

पिता पानी पीने के बाद तृप्त हो गए छोटे बेटे के चेहरे की तरफ़ देख रहा था। बड़े बेटे ने जब तीन-चार बार लगातार पूछा—"कौन हैं ई लोग?" तब पिता ने जवाब दिया—

"इनसान हैं ये लोग बेटा...इनसान!"

बेटे के चेहरे पर आश्चर्य थोड़ा कम हुआ, पूरी तरह गया नहीं। इसके बाद पिता ने सबको ठेले पर बैठाया, टूटी चप्पल को ठेले पर ही रख दिया और गरम सड़क पर नंगे पाँव ठेला खींचते हुए आगे बढ़ गया...

17

जीटीबी नगर स्टेशन के प्लेटफ़ॉर्म पर एक मौलाना साहब हैं। साथ एक परदानशीं हैं जो रह-रहकर वहीं थोड़ी दूर खड़े एक लड़के की तरफ़ देख रही हैं। मौलाना ने परदानशीं की नज़रों का पीछा किया और पाया कि उनके मोहल्ले का सुल्तान भी वहीं पर है उन्होंने ताज़्ज़ुब से पूछा—'अरे सुल्तान... तू यहाँ का कर रहा है बे?' परदानशीं की सैलाबी आँखों के किनारे पर खड़े होकर गोते लगाने को आतुर सुल्तान की आँखें मौलाना की आवाज़ की तरफ़ गई और वो अचकचाया—'चचा...कुछ काम से आया था कैम्प!'

जवाब में जो तैयारी की कमी थी वो मौलाना ने नोटिस कर ली और ये भी देखा कि जुबैदा का पूरा ध्यान सुल्तान की तरफ़ है और मौलाना को यह सूक्ष्म निरीक्षण करते सुल्तान ने देख लिया और सिर झुकाए मोबाइल में गड़ गया! मौलाना ने कहा—'जुबैदा बेटा...चलो पीछे की तरफ़ चलते हैं, उधर की डिब्बे में जगह मिल सकती है!'

जुबैदा ने हामी भरी। सुल्तान का चेहरा मुरझाया लेकिन अचानक दोनों प्लेटफ़ॉर्म पर आ रही मेट्रो की वजह से महसूस हो रही तेज हवाओं ने सुल्तान का चेहरा खिला दिया क्योंकि हवा से जुबैदा का हिजाब उड़ने लगा और दोनों हाथों में बैग पकड़े रहने की वजह से वो हिजाब को सँभाल नहीं पा रही थी। मौलाना साहब आगे-आगे चल रहे थे! सुल्तान ने मौके का फायदा उठाया, कैमरा ऑन किया और उड़ते हिजाब से झाँक रहे चाँद की फ़ोटो ली। दोनों मुस्कराए और सुल्तान विपरीत दिशा में चल पड़ा!

पीछे पहुँचकर मौलाना ने इधर-उधर देखा। सुल्तान नहीं दिखा। धीरे से बोले—'आवारा साला!' मेट्रो खड़ी हो गई थी। हिजाब पूर्ववत व्यवस्थित हो चुका था। बस अब्बाजान की बात सुनकर हिजाब से झाँक रही आँखें थोड़ी सी संकुचित होकर फिर फैल गईं!

18

शादीपुर मेट्रो स्टेशन का प्लेटफ़ॉर्म नम्बर दो...लगभग पचास वर्षीय सफाई कर्मी वाइपर में पोंछा फँसाए पूरे प्लेटफ़ॉर्म पर पोंछा लगा रहा है। लिफ्ट से लगभग इसी उम्र की एक महिला आती है। महिला के हाथ में एक थैला, और पानी की एक बॉटल है। प्लेटफ़ॉर्म पर पहले दाईं तरफ़ देखकर जब वो बाईं तरफ़ देखने ही वाली होती है कि बग़ल में वो वाइपर लिये आ जाता है, और कहता है—"हो गई तुम्हारी छुट्टी?" महिला ने कहा—"हाँ...रोज़ ही इसी टाइम होती है। अच्छा सुनो...ये वाला चक्कर पूरा करके आओ, जल्दी से कुछ खा लेते हैं!"

उसके स्वर में नाराज़गी आ जाती है—"तुम ख़ा लिया करो ना...मेरी वजह से शाम हो जाती है तुम्हें भी!" महिला के स्वर में थोड़ा सा ग़ुस्सा है—"ज़्यादा बनो मत, जल्दी आओ!" यह कहकर महिला एक बेंच पर बैठ जाती है, थैले से टिफिन और टिफिन से रोटी-सब्ज़ी निकालती है। रोटी पर सब्ज़ी रखकर उसे लपेटती है। तब तक वो भी आ जाता है, महिला पर्स से सैनिटाइज़र निकालकर उसके हाथों पर स्प्रे करती है...वो रोटी लेकर जल्दी-जल्दी खाने लगता है। महिला बात भी करना चाहती है, बताती है कि आज उसके दफ़्तर में साहब के कोई दोस्त आए थे, उन्होंने मेरे हाथ की बनी चाय की बड़ी तारीफ़ भी की!

उसका ध्यान बातों से ज़्यादा प्लेटफ़ॉर्म पर बढ़ती भीड़ पर था। भीड़ के पैरों पर था जो दिल्ली में हुई हल्की-सी बारिश की वजह से कीचड़ में सने पैर लिये प्लेटफ़ॉर्म पर आ रही थी। जल्दी से रोटी खाकर वो दोबारा वाइपर उठा लेता है। महिला हँसते हुए कहती है—"पानी तो पी लो!" वो बिना कुछ बोले पोंछा लगाने लगता है। महिला बेंच पर बैठी रहती है।

तीन चार राउंड लगाने के बाद वो आता है, पानी पीता है और कहता है—"इस साली बारिश को इस टाइम ही आना था। हर तरफ़ कीचड़-कीचड़ हो गया!" ठीक उसी समय प्लेटफ़ॉर्म पर एक-दूसरे से जुड़े-जुड़े एक जोड़ा सेल्फी ले रहा था। लड़के ने कन्या से कहा—"मौसम कितना अच्छा हो गया है। चलो ना इंडिया गेट पर आइसक्रीम खाएँगें। प्लीज़ मना मत करना!"

पानी पी लेने के बाद वो कहता है—"तुम अगली मेट्रो से चली जाओ। मैं तो यहीं घिसता रहूँगा। और सुनो...कल से तुम खाना खा लिया करो। इतनी देर से खाने का कोई तुक नहीं बनता!"

महिला थैला समेटते हुए कहती है—"ठीक है। तुम दो बजे मेरे दफ़्तर आ जाया करो, खा लिया करूँगी!"

वो वाइपर लेकर बड़बड़ाते हुए आगे जाता है। मेट्रो आती है, महिला मेट्रो में प्रवेश करती है, वो थोड़ी दूरी पर वाइपर पर चेहरा टिकाए एक तरफ़ खड़े होकर उसे देखता रह जाता है। मेट्रो चली जाती है...अब प्लेटफ़ॉर्म पर बस कुछ निशान रह गए हैं।

19

विश्वविद्यालय मेट्रो स्टेशन गेट नम्बर चार से निकलते ही पचास कदम पर एक चायवाली है, उसके ठीक सामने सड़क किनारे एक रिक्शा खड़ा है। चायवाली रिक्शेवाले से कहती है—'अब आ भी जा, ज़्यादा नखरे ठीक ना हैं!'

रिक्शेवाला उतरकर उसके पास आकर बैठ जाता है। ग्राहक को चाय देकर 'दस रुपये' बोलते हुए वो रिक्शेवाले पर एक नज़र डालती है—'कहाँ गायब रहा दिन-भर?' वो चुप है। चायवाली टिफिन खोलती है। अब वो बोलता है—'इतनी देर हो गई, तूने खाना नहीं खाया अभी तक?'

टिफिन खोलती है—'ज़्यादा बन मत, कैसे खाती, आजतक खाया है मैंने कभी अकेले? जा के ये रोटियाँ कुल्चेवाले से गरम करा ला।'

वो रोटियाँ लेकर सिर झुकाए उधर चल पड़ता है। सामने पेड़ के नीचे बैठा बालक फ़ोन पर झींक रहा है—'यार ईशा...फोर थर्टी बोला था तुमने, अभी तक नहीं आई। मैं तो तब से तीन चाय पी चुका, दो प्लेट मोमोज खा चुका!'

चायवाली मुस्कराते हुए रिक्शेवाले की तरफ़ देख रही है, जो सामनेवाले ठेले पर रोटियाँ गरम करा रहा है।

आज दिल्ली में प्रदूषण थोड़ा कम है।

20

मेट्रो में ये वक़्त बहुत भीड़ वाला होता है लेकिन सभी चेहरे ताज़गी से भरे हुए। नहाए-धोए से! एक भाई साहब शायद च्यूइंगम चबा रहे हैं और मोबाइल पर गेम खेल रहे हैं। खेल की सारी उत्तेजना चबाने की गति से झलक रही है और बीच-बीच में 'ओ त्तेरी' भी बोले जा रहे हैं!

एक चचा उनकी मोबाइल में चल रही कारों को आँखें फाड़े चुपचाप देख रहे हैं। अचानक मेट्रो बीच में ही रुक गई। इस तरह रुकने पर सबकी प्रतिक्रियाएँ आने लगीं लेकिन इस जाँबाज खिलाड़ी को पता ही नहीं चला कि मेट्रो रुकी हुई है!

शायद खेल का एक चरण पूरा हो गया है इसीलिए भाई ने सिर ऊपर उठाया। अब उसे एहसास हुआ कि मेट्रो रुकी हुई है! इधर-उधर देखने के क्रम में भाई की नज़र पीछे थोड़ी दूर खड़ी एक कन्या पर पड़ी। अब वो नियमित अन्तराल से पीछे घूम-घूमकर ऐसे देखने लगा जैसे बच्चे परीक्षा देते समय पीछे वाले की आंसर शीट पर जल्दी से एक नज़र इस उम्मीद से मार लेते हैं कि कुछ तो काम का दिख जाए। इधर चचा भाई की मोबाइल स्क्रीन पर अगले चरण के लिए तैयार हरी कार को देख रहे थे जिसको बस स्टार्ट करने की देरी थी लेकिन चालक का ध्यान अब इस खेल से हट चुका था!

थोड़ी देर में चचा का धैर्य जवाब दे गया। उन्होंने भाई से कहा—'सुनो बेटा, मेट्रो के तो नखरे बढ़ गए हैं। चलो ना हम-तुम इसी कार से निकल चलते हैं। स्पीड तो इतनी है कि मिन्ट भर में पूरी दिल्ली नाप डालेंगें!'

भाई ने ज़ोर का ठहाका लगाया लेकिन हँसते-हँसते जब पीछे नज़र डाली तो देखा कन्या और पीछे चलती हुई पिछले कोच की तरफ़ जा रही थी। उसकी हँसी थम गई!

हाँ मेट्रो अब रेंगने लगी।

21

आदर्शनगर मेट्रो स्टेशन के प्लेटफ़ॉर्म पर खड़े होकर साफ़ दिख रहा है कि बादल अबके बरस दिल्ली वालों से कितनी बेवफ़ाई कर रहे हैं। न जाने इनके मन में क्या चल रहा है जो घिरकर भी बस धरती को देखे जा रहे हैं, बरस नहीं रहे हैं। मेट्रो आने में देर कर रही है; प्लेटफ़ॉर्म पर खड़े यात्री मेट्रो के आनेवाली दिशा की तरफ़ उसी निगाह से देख रहे हैं जिस निगाह से बादलों की तरफ़ देखते हैं। कब बारिश आएगी, कब मेट्रो आएगी, समय उमस की तरह बढ़ता जा रहा है!

इन बेचैन चेहरों में बस एक जोड़ी चेहरा ऐसा है जो गर्मी और समय से परे है। वो अपने आप में ही खोया है! दरअसल नायिका कलाई पर तितली का एक टैटू बनवा कर आई है। टैटू के प्रति नायक की ऊर्जा और ऊष्मा देखकर तो यही लग रहा है कि सम्भवत: टैटू बनवाने के बाद दोनों का यह प्रथम मिलन है क्योंकि नायक बारम्बार टैटू को चूम रहा है और उस चुम्बन की सिहरन नायिका की और जलन दर्शकों की आँखों में स्पष्ट दिख रही है।

प्लेटफ़ॉर्म पर बनी बेंच पर बैठी एक बुज़ुर्ग महिला इस दृश्य को ध्यान से देख रही हैं और उनके चेहरे पर हल्की मुस्कराहट तैर रही है! अम्मा ने कुछ देर बाद इस जोड़े को इशारे से अपने पास बुलाया। कन्या का हाथ पकड़कर तितली को ध्यान से देखने लगीं और फिर बोलीं—'बेटा...इस पर अपना और इस बच्चे का नाम भी लिखवा लो!' यह कहते हुए अम्मा ने अपनी कलाई पर लिखा हुआ अपना और अपने पति का नाम दिखाया और बोलीं—'हमारे ज़माने में इसे गोदना कहते थे। तुम दोनों भी नाम गुदवा लो क्योंकि नाम ही रह जाता है बस...जैसे वो तो अब नहीं हैं इस दुनिया में लेकिन उनका नाम है मेरे साथ!'

यह कहते हुए अम्मा ने अपने हाथ पर छपे नाम को चूम लिया। उनकी पलकों के कोरों पर आए आँसुओं से निश्चित रूप से बादल लज्जित हो गए होंगे! इस युवा जोड़े ने अम्मा के साथ एक सेल्फी ली जिसमें दोनों नायिकाओं ने अपनी-अपनी हथेलियाँ सामने कर रखी थीं!

मेट्रो का हॉर्न भी सुनाई दिया है। मेट्रो आ रही है। शायद कुछ देर में बारिश भी आ जाए...

22

मेट्रो में ख़फ़गी का माहौल है। कन्या इतनी ग़ुस्से में है कि नायक का ख़ून तक कर सकती है लेकिन इतने सारे लोग गवाह बन जाएँगे यही सोचकर शायद ऐसा नहीं कर रही है और नायक रो रहा है। जी हाँ, नायिका की आँखों में लहू और नायक की आँखों में अश्क़ है। बहुत गम्भीर मुआमला लग रहा है!

नायिका नायक को चुप भी नहीं करा रही है। बस खड़ी होकर फुँफकारे जा रही है। यह बात वहीं बैठी एक अम्मा को नागवार गुज़र रही है। नागवार तो सबको गुज़र रही है लेकिन अम्मा ने अपनी उम्र का लाभ उठाते हुए पूछ डाला—'क्यों रो रहे हो बेटा...अभी तो शादी भी नहीं हुई है तुम दोनों की... अभी तो प्यार से रह लो। रोना-रुलाना तो उम्रभर लगा रहेगा?'

अम्मा के इस सवाल को दोनों ने अनसुना कर दिया लेकिन अम्मा हार माननेवालों में से नहीं थीं। उन्होंने अपनी सीट छोड़ी और रोते हुए नायक को जबरन अपनी सीट पर बैठा दिया। पड़ोसी से पानी माँगकर उसे पीने को दिया और बोलीं—'पहले पानी पी लो, फिर बात करते हैं!' नायक ने जल-पान किया, उसके बाद अम्मा ने बड़े प्यार से पूछा—'अब बताओ...क्या बात है...क्यों इतना रो रहे हो?'

नायक ने कहा—'कोई बात नहीं है आंटी, सारी मेरी ग़लती है...मैंने सॉरी बोल दिया है सारिका को!' यह सुनकर सारिका नामक नायिका ने तुरन्त कहा—'बात सॉरी बोलने की है ही नहीं यार, बस मुझे जो अनफेयर लगा मैंने बोल दिया!' यह सुनकर अम्मा परेशान हो गईं, बोलीं—'लेकिन तुम तो मेरे सामने मेट्रो में आई बेटा, तुमने तो कुछ बोला भी नहीं। तुम तो आकर यहाँ खड़ी हो तब से चुपचाप। मेरी समझ में ही नहीं आ रहा है कि झगड़ा कब हुआ और किस बात पर हुआ?'

नायक ने कहा—'जाने दीजिए आंटी, आइए आप अपनी सीट पर बैठिए

एंड थैंक्स फॉर योर केयरिंग!' लेकिन अन्य यात्रियों के साथ आंटी की भी उत्सुकता बढ़ती ही जा रही थी कि झगड़ा हुआ ही कब दोनों का, आंटी ने ज़ोर देकर पूछा—'नहीं बेटा...अब तो मुझे जानना ही है कि क्या मामला है?'

नायक शान्त रहा। नायिका ने जवाब देने का ज़िम्मा उठाया—'आंटी जी... कोई बात नहीं थी, बस हुआ ये था कि मैं इधर आदर्शनगर के पास किसी काम से आई थी और आकाश मॉडल टाउन में कहीं था। फिर हमको साथ ही रोहिणी जाना था तो हमारी बात ये हुई थी कि आकाश कैब से आएगा और मैं आदर्शनगर मेट्रो स्टेशन के पास इसे मिल जाऊँगी। ये मॉडल टाउन से कैब से चला तो इसने कहा कि पाँच मिनट में आदर्शनगर पहुँच रहा हूँ मेट्रो स्टेशन के गेट नम्बर दो पर मिलो!'

आंटी ने कहा—'लेकिन बेटा आप तो आदर्शनगर से मेट्रो में आई ना?'

'सुनिये तो...बीस मिनट तक मैं मेट्रो के गेट नम्बर दो पर खड़ी रही। इसको कॉल करती रही। इसने फ़ोन ही काट दिया!'

अब आकाश नामक नायक को बोलना पड़ा—'यार सारिका...बताया तो मैंने कैब में बैठने के बाद क्या सिचुएशन हो गई थी!'

'कुछ भी हो, तुम्हें कॉल तो पिक करनी थी ना?'

आंटी ने मध्यस्थता की—'अरे झगड़ा ना करो बच्चों। बताओ बेटा क्या हो गया था?'

'आंटी...जब मैं कैब में बैठा तो आज़ादपुर तक आते-आते कैब का टायर पंचर हो गया। मैंने सोचा दूसरी कैब करूँ तो पता चला कि आज़ादपुर से आदर्शनगर के बीच सब्ज़ी मंडी वाला भयानक जाम लगा हुआ है। तो मैं मेट्रो पकड़ने के लिए गया। मेरा फ़ोन साइलेंट मोड पर था। पता ही नहीं चला कि सारिका कॉल कर रही है। सोचा मेट्रो के अन्दर जाकर बोलूँगा इसको कि आदर्शनगर से मेट्रो में आ जाए। मैंने इसको बोला तो ये नाराज़ हो गई!'

अब सारिका ने कहा—'क्यों ना होती नाराज़, आंटी आप ही बताइए, वो आदर्शनगर के गेट के पास ही चिकन-मटन की दुकानें हैं एक लाइन से, वहाँ इसने मुझे आधे घंटे से खड़ा कर दिया। इसपे नाराज़ नहीं होती तो क्या करती?'

आंटी ने सारी बातें सुनीं। फिर बोलीं—'एक बात समझ में नहीं आई बेटा आकाश, चलो इसको बुरा लगा। इसने ग़ुस्से में बात की लेकिन तुम इतना रो क्यों रहे थे?'

'आकाश चुप, बिलकुल चुप, सारिका अब मुस्करा रही है। आंटी विस्मित हैं। पूछा—'अरे बता भी दो?' सारिका हँस पड़ी, बोली—'आंटी'।

'आकाश के परिवार में कोई नॉनवेज छूता भी नहीं है। आज मैंने इसे ग़ुस्से में बोल दिया है कि चलो रोहिणी का काम निपटाकर आज शाम को तुम्हें मेरे साथ चिकन खाना ही होगा और मैंने इसको अपने सिर की कसम दिला दी। इसीलिए ये रो रहा है!'

अब आंटी समेत सब लोग हँस पड़े। आकाश बाबू सिर झुकाए बैठे रहे। सारिका ने अब उसे हाथ पकड़कर खींचा और बोली—'अच्छा बाबा...सॉरी!'

आकाश बाबू थोड़ा-सा मुस्करा दिए हैं!

23

सिविल लाइंस मेट्रो स्टेशन से मेट्रो में माँ-बेटी सवार हुईं। माँ चेहरे से ही बीमार लग रही हैं। मास्क इतना ढीला हो चुका है कि बस लटका हुआ है। सीट पर बेटी बैठ जाती है और माँ उसकी गोद में सिर रखकर बची हुई चार सीटों पर पैर पसार लेती है। ना जाने क्या था इस दृश्य में कि किसी ने भी एतराज़ नहीं जताया। लेटने के बाद माँ के चेहरे पर बिलकुल पास-पास खिंची रेखाएँ दूर-दूर चली गईं। एक आराम की चादर-सी बिछ गई चेहरे पर। बेटी ने भी माँ के माथे पर हाथ फेरते हुए कहा—'अब आप बिलकुल ठीक हैं, कमरे पर चलकर आराम करिए। दस दिनों के बाद एक बार और डॉक्टर को दिखाकर फिर आपको गाँव ले चलूँगी!' माँ ने शॉल से मुँह ढँकते हुए कहा—'मेरी वजह से तेरी पढ़ाई और नौकरी दोनों का कितना...।' माँ इतना ही बोल पाई थी कि बेटी के हाथ उसके माथे से होंठों पर चले गए और वाक्य को पूरा नहीं होने दिया। बेटी ने बहुत प्यार से कहा—'ऐसा कुछ नहीं है मम्मी...बस आप ठीक रहिए!' माँ किसी छोटे से बच्चे की तरह बेटी की गोदी में सुरक्षित-सी लेटकर इधर-उधर देखने लगी।

सामने एक जोड़ा खड़ा है। आधुनिकतम परिधान धारण करनेवाला यह जोड़ा बातें करने में लगा है। कन्या ने शॉर्ट्स के ऊपर से एक लॉन्ग कोट पहन रखा है जिसके बटन खुले हुए हैं, काले बूट्स घुटने तक हैं। कुल मिलाकर सर्दी को कन्फ्यूज़ कर रखा है उसने। लड़के के जींस में ना जाने किस कुशल कारीगर ने इतने वातायन बना रखे हैं कि उनसे पैरों के बाल बाहर को झाँक रहे हैं। लड़का कन्या के बालों को सहलाते हुए कहता है—'बेबी...जब फीवर था तो बताना चाहिए था ना, हम बाद में मिल लेते। चलो अब आपको जल्दी घर छोड़ देता हूँ। आप रेस्ट करो। हम संडे को मिल लेंगे!'

बेटी की गोद में लेटी माँ यह दृश्य देख रही है। माँ अपनी आँखें ऊपर कर बेटी के चेहरे को देखती है जो थकान की वजह से मेट्रो की दीवार से सिर टिकाए बैठी है। माँ उससे कहती है—'मीनू...बेटा मीनू!' बेटी चौंककर माँ के चेहरे की तरफ़ देखती है—'क्या हुआ मम्मी?' माँ ने मुस्कराते हुए कहा—'संजय से मुझे एक बार मिलवा दे। जब मैं गाँव जाऊँगी तो तेरे पापा से बात कर लूँगी!' मीनू की आवाज़ में हया थी—'अरे नहीं मम्मी...जैसा आप समझ रही हैं ऐसा कुछ नहीं है। हम बस दोस्त हैं!' माँ ने बेटी के हाथ अपने हाथों में लेते हुए कहा—'लड़का दोस्त है तो और अच्छा है। ख़याल रखेगा तुम्हारा!'

माँ-बेटी सामने विश्वविद्यालय स्टेशन के प्लेटफ़ॉर्म पर जोड़े को उतरते हुए देखती हैं। बेटी धीरे से कहती है—'हमें अगले स्टेशन पर उतरना है!'

24

एक जोड़ा बैठा है। नायक नायिका की हथेलियों पर अपनी हथेलियों का घर्षण करके इस भीगे सर्द मौसम को मात दे रहा है। नायिका ने कुछ देर बाद टिफिन निकाला, जिसमें दो मोटे-मोटे पराँठे थे। नायिका ने नायक के सामने सशर्त प्रस्ताव रखा जिसके मुताबिक नायिका पराँठे एक बाइट लेगी, दूसरी बाइट नायक लेगा और यह क्रम पराँठों की समाप्ति तक जारी रहेगा। थोड़ी-बहुत ना-नुकुर के बाद नायक को यह मंजूर हो गया और दोनों तयशुदा निवाला ग्रहण प्रक्रिया में जुट गए!

इस जोड़े के ठीक सामने और एक जोड़ा बैठा है। महिला ने शॉल ओढ़ रखी है और खाँस रही है। पुरुष के कंधे पर सिर रख रही है लेकिन खाँसी आने पर सिर हटा ले रही है। पुरुष के हाथ में एक थैला है जो रोहिणी के किसी हॉस्पिटल का है। पुरुष कहता है—"दूसरी दवाई का टाइम हो गया... चल मेट्रो से उतरकर पानी खरीदेंगे!" महिला खाँसते हुए सहमति देती है!

सामनेवाली सीट की नायिका नायक को एक बाइट खिलाने के बाद "मेरी बारी है, चीटिंग ना करना" कहते हुए अपने बैग से बॉटल निकालकर खड़ी होती है और सामनेवाले युगल को बॉटल देते हुए कहती है—"आप प्लीज़ दवाई खा लीजिए!" बॉटल देकर नायिका अपनी सीट पर बैठती है और सामनेवाले पुरुष से कहती है—"अंकल आप अपने हाथ से इनको दवा खिलाइए!"

थोड़ा सकुचाते हुए पुरुष महिला को दवा खिलाता है और इधर नायिका ने नायक को इशारा करते हुए कहा—"अब तुम मुझे अगली बाइट खिलाओ!"

पूरी मेट्रो में प्रेम का स्वाद सा घुल गया है!

25

मेट्रो में जीटीबी नगर से एक चचा एक लड़के का हाथ पकड़े हुए मेट्रो में प्रवेश करते हैं और दोनों अगल-बग़ल बैठते हैं! बैठते ही चचा ने लड़के को 'थैंक यू बेटा' कहा। प्रतिक्रियास्वरूप लड़का मुस्करा भर दिया!

अब चचा ने कहा—'बेटा ज़रा मोबाइल पर चेक करके बताओ कि इंडिया इंटरनेशनल सेंटर का नीयरेस्ट मेट्रो स्टेशन क्या है?' लड़के ने जैसे ही मोबाइल पर सर्च करना शुरू किया, कोई कॉल आ गई। लड़के ने काट दी और सर्च करने लगा लेकिन कॉल करनेवाला (सम्भवतः वाली) कुछ ज़्यादा ही बेसब्री या आपातकाल से घिरा था/घिरी थी। ताबड़तोड़ कॉल्स आने लगीं और लड़का दाँत पीस-पीसकर रिजेक्ट करता रहा! इस रस्साकशी में सर्चिंग की प्रक्रिया में बाधा आ गई!

आख़िरकार लड़के ने कॉल ले ली। चेहरे और लहजे में उतरे ग़ुस्से के अनुपात में आवाज़ के वॉल्यूम को कम रखते हुए बोला—'यार जब काट रहा हूँ कॉल तो कोई बात होगी जभी तो काट रहा हूँ। कॉन्टिन्युअसली कॉल करना ज़रूरी है। रखो, करता हूँ दो मिनट में!' इधर चचा सिर झुकाकर मुस्कराते हुए सारी बात सुन रहे थे! ख़ैर, लड़के ने अब सर्च करना शुरू किया तो नेटवर्क की समस्या आने लगी। चचा ने कहा—'बेटा परेशान ना हो, बस राजीव चौक पहुँचने के पहले बता देना। मान लो वहाँ से दूसरे रूट की मेट्रो लेनी हो!'

इस दौरान लगभग पाँच मिनट हो गए। नेटवर्क आते ही कॉल्स फिर आने लगीं। लड़का बुरी तरह से झेंप गया। चचा ने कहा—'बेटा...आप बात कर लो। आख़िर इन्तज़ार की भी इन्तेहा होती है। तुमने उसको कहा था दो मिनट में कॉल करोगे और पाँच मिनट हो गए। आख़िर किसी के सब्र का कितना इम्तिहान लोगे। तुम बात कर लो। मैं किसी और को बोल देता हूँ सर्च करने को!'

लड़के ने शर्मिन्दा होते हुए कहा—'अरे अंकल वो मेरा छोटा भाई है। बार-बार कॉल करके परेशान कर रहा है। ऐसे ही करता है वो हमेशा!'

चचा ने अन्तर्यामी टाइप मुस्कराते हुए कहा—'हाँ बेटा...समझ सकता हूँ। जब तुम्हारी उम्र में मैं था तब ऐसे ही परेशान करनेवाला एक भाई मेरा भी था। बस तब मोबाइल नहीं था!'

लड़का कॉल पिक करके वहाँ से हट गया। चचा ने पड़ोस में बैठे एक अन्य लड़के से गुहार लगई—'बेटा, अगर तुम्हारा कोई छोटा भाई न हो तो तुम्हीं सर्च कर दो।'

26

जब सारा आलम मेट्रो में बैठा हुआ अपने-अपने मोबाइल पर व्यस्त था तब ऐसे में एक भाई साहब को बाज़ार से शिकायत थी। और शायद बाज़ार में भड़ास पूरी तरह से नहीं निकली थी इसलिए वे मेट्रो में भी निकलनी जारी थी। उनके मुताबिक अगर उसी रेट में चाँदनी चौक में कपड़े मिल रहे हैं जो वे मुरादाबाद में छोड़कर आए हैं तो फिर क्या फायदा दिल्ली आने का। उनकी बातों से यह भी स्पष्ट था कि चाँदनी चौक में आधे से ज़्यादा लुटेरे बैठे हैं जो बस मीठी-मीठी बातें करना जानते हैं!

जिस समय भाई साहब ये सब बड़बड़ा रहे थे उसी समय नई दिल्ली मेट्रो स्टेशन पर मेट्रो रुकी और दरवाज़े खुलते ही सामने से आते एक युगल ने इन्हीं भाई साहब से पूछ लिया—'भइया, ये मेट्रो चाँदनी चौक जाएगी क्या?' अब ये भाई साहब चाँदनी चौक से ऐसी खुन्नस खाए हुए थे कि उन्होंने जवाब नहीं सलाह दी—'अरे यार मत जाओ चाँदनी चौक...बेकार जगह है। ठगे जाओगे!' भाई साहब और सलाह देते लेकिन तब तक बग़ल में खड़े एक लड़के ने उस युगल के चेहरे पर जिज्ञासा की जल्दबाजी को पढ़ लिया और सामनेवाले प्लेटफ़ॉर्म की ओर इशारा करते हुए कहा—'वो वाली जाएगी भाई!' युगल तो चला गया लेकिन वे भाई साहब वहीं खड़े-खड़े पूरी चाँदनी चौक मार्केट को कोसते रहे!

राजीव चौक स्टेशन आया लेकिन भाई साहब टस से मस ना हुए। जब केन्द्रीय सचिवालय स्टेशन आया तब उनका कैसेट रुका और वे चीखे—'यार... राजीव चौक पर उतरना था। दो स्टेशन आगे आ गए!' यह कहते हुए वे उतर गए! उनके उतरते ही देर से साथ खड़े दो लड़कों ने अपनी बात शुरू कीं—'यार...चाँदनी चौक के पराँठे...उफ़्फ़!'

अब आसपास के लोग मुस्कराने लगे। एक लड़के ने कहा—'अच्छा

हुआ, वे अंकल चले गए नहीं तो वे सुनते तो कहते कि चाँदनी चौक एरिया में कुछ खाया है तो पक्का पेट ख़राब होगा!' दूसरे ने कहा—'पेट ख़राब होगा तो एम्स स्टेशन आ ही रहा है। वहाँ उतर लेंगें!'

अब मेट्रो में ठहाके गूँज रहे हैं!

27

आदर्शनगर मेट्रो स्टेशन के नीचे लिफ्ट के पास एक चाय वाला है। उसके यहाँ सुबह से कोई-न-कोई चाय पी रहा है! सड़क पार की झुग्गियों में से एक कन्या वहाँ आती है। कुछ परेशान सी लग रही है! चायवाले के ही आसपास घूम रही है। उससे शायद कुछ कहना चाह रही है लेकिन कोई-न-कोई वहाँ पर आ जा रहा है इसलिए कह भी नहीं पा रही है। उसके चेहरे पर जल्दबाजी भी है!

पन्द्रह-बीस मिनट के बाद आख़िरकार उसको मौका मिल जाता है और वो चायवाले से उसका मोबाइल माँगती है। एक नम्बर मिलाती है और थोड़ी दूर जाकर बात करती है—'हैलो...अरे हम बोल रहे हैं...अरे हम सुनीता...अरे मेरी बात तो सुन लो यार, चिल्ला लेना बाद में, सुनो जल्दी, दूसरे के मोबाइल से किए हैं। हमारा फ़ोन अम्मा ने ले रखा है सुबह से, अरे हम तो तैयार थे बिलकुल...लेकिन अम्मा बोलीं आज स्कूल ना जाओ। आज जरा हमारे साथ अस्पताल चलो। हमको बहुत बुरा लग रहा था कि तुम वहाँ आज़ादपुर में हमारा वेट कर रहे होगे। सुनो प्लीज़, मेरी कसम है नाराज़ ना हो। सुनो...हम तो आज नहीं निकल पाए लेकिन शाम को सोम बाजार में ज़रूर से आएँगे। अरे नहीं अम्मा नहीं आएँगी साथ; उनकी तो तबीयत ख़राब है ना...सुनो... साढ़े छह बजे आऊँगी। वो लास्ट में जहाँ गोलगप्पे वाला ठेला लगाता है ना वहीं पर मिलूँगी और सुनो तुम भी अकेले आना। अपने उस डांसर दोस्त को लेकर मत आ जाना। बड़ा बैड लगता है वो हमको, अभी के लिए माफ़ करो। शाम को पक्का मिलूँगी। प्रॉमिस...हाँ बाबा...इन्तज़ार का बदला ले लेना। अभी रखती हूँ!'

बात करके कन्या मोबाइल से पहले डायल किया हुआ नम्बर डीलीट करती है चाय वाले का शुक्रिया अदा करती है और कुलांचे भरती हुई सड़क पार कर जाती है! अब मैं चाय पी रहा हूँ।

28

नोएडा सेक्टर 16 मेट्रो स्टेशन के गेट नम्बर 2 से बाहर निकलते ही आपको फूल बेचते हुए छोटे-छोटे बच्चे घेर लेते हैं, अगर आप उन बच्चों के चेहरों को ध्यान से देखेंगे तो आपका मन करेगा कि सारे फूल खरीद लें!

प्रवेश द्वार के चबूतरे पर एक अंकल जी खड़े हैं और उनके साथ एक बीस-बाइस साल का लड़का भी है। इन दोनों के बग़ल में दो बच्चियाँ गुलाब के फूल लिये खड़ी हुई हैं। लेकिन इन दोनों का ध्यान अभी कहीं और है। अंकल जी लड़के से कह रहे हैं—"लाओ बेटा तुम्हारी मम्मी को फ़ोन करके सब बता दूँ। नहीं तो मेट्रो में बैठने पर बात नहीं हो पाएगी ठीक से!" लड़का शान्त भाव से मोबाइल पर कोई नम्बर मिलाकर पिता को फ़ोन पकड़ा देता है।

अंकल जी ने बात शुरू की—"हैलो...हाँ...हाँ...मिल लिए लड़के से...हाँ ठीक है...मुझे तो ठीक लगा...बात-व्यवहार सबमें...हाँ...उसके ऑफ़िस में गए थे...दो मिनट के लिए...अरे नहीं यार...मीडिया में है तो क्या समाचार ही बोलेगा...न्यूज़ चैनल में काम करनेवाला हर लड़का थोड़ी ना समाचार पढ़ता है, इसके अलावा भी कई काम होते हैं। हाँ बाहर निकलकर चाय पिलाया...हाँ सन्तोष तो साथ ही है हमारे, और क्या हम अकेले जाएँगे। ...हाँ यही तो ले गया मेट्रो से निकलने के बाद। हाँ फिल्म सिटी करके है एक जगह...अब भाई मुझे तो सब ठीक लगा...उसने कहा है कि वो एक बार अंजली बिटिया से मिलना चाहेगा...और फिर जैसा माता-पिता चाहेंगे, वो तैयार है...हाँ...अब तुम ज़रा अंजली बिटिया के मन की थाह लगाओ। अच्छा...वाह...नहीं अच्छा है...ज़माना बदल रहा है...अच्छा...लो सन्तोष से भी पूछ लो!"

यह कहते हुए पिता ने बेटे को मोबाइल दे दिया। बेटा मुस्कराते हुए बोला—"हाँ अम्मा...अंजली दीदी से कह दो कि लड़के की नाक पकौड़े जैसी है!" पिता हँसते हैं—"क्यों छेड़ रहा है, सच बता दे भाई!" अब शायद

माँ ने फ़ोन बिटिया को दे दिया है, जो भाई से तफ्तीश कर रही है, क्योंकि सन्तोष खिसकते हुए पिता से दूर चला गया। सन्तोष कह रहा था—"अरे यार दीदी...बहुत सही काम है इनका तो...मेरा भी मन कर गया मीडिया की पढ़ाई करने का...हाँ...मुझे तो स्मार्ट लगा लड़का...फ़ोटो में जैसा दिखता है उससे भी स्मार्ट...हाँ सच्ची...अब तुमसे मिलने को कह रहा था। नहीं। पापा से दूर खड़ा हूँ। ये...ये दो बच्चियाँ हैं, फूल बेच रही हैं। पीछे पड़ी हैं कि ले लो...हाँ...ठीक लगा सब कुछ...अब तुम जब मिलना तो पूछ लेना। नहीं... आर्टिफिशियल सा तो नहीं लगा। हाँ...ठीक है...क्या...अरे...मैं कैसे...अरे तुम भी ना दीदी...क्या-क्या कराती हो मुझसे...धत्...अच्छा!"

फ़ोन काटने के बाद लड़के ने कुछ देर तक उन फूल बेचती बच्चियों को देखा। दोनों से बीस-बीस रुपये में एक-एक गुलाब खरीदा और सामने खड़े विस्मित हो रहे पिता से कहा—"अंजली दी ने कहा है ये करने को, आप ज़रा फ़ोटो खींच दो। जानते नहीं हो उसको, जान खा जाएगी नहीं तो!" पिता ने मुस्कराते हुए मोबाइल सँभाला, सन्तोष ने वे दोनों फूल एक-एक करके उन दोनों बच्चियों के बालों में लगा दिया। वे दोनों शरमाने लगीं, हँसने लगीं, आसपास के लोग हँसने लगे, उन बच्चियों के हमउम्र बच्चे उन्हें चिढ़ाने लगे!

पिता के हाथ से मोबाइल लेकर सन्तोष खींची गई तस्वीरों को देखने लगा। पिता ने ख़ुश होते हुए कहा—"मतलब अंजली को लड़का पसन्द आ रहा है!" सन्तोष ने कहा—"लगता तो है!"

पिता-पुत्र मेट्रो स्टेशन की सीढ़ियाँ चढ़ने लगे। इन दोनों मैले बालों में फँसे गुलाब जैसे और ताज़ा हो गए।

29

कौशांबी मेट्रो स्टेशन के नीचे श्री रत्नम रेस्टोरेंट है। उसके ठीक सामने एक झक सफ़ेद Brezza आकर खड़ी होती है। उसके शृंगार-पटार को ही देखकर सहज अन्दाज़ा लगाया जा सकता है कि बिलकुल नई गाड़ी है। गाड़ी में से एक लड़का बाहर निकलता है। रेस्टोरेंट के बाहर से एक कन्या चहकती हुई निकलती है और दोनों बीच सर्विस लेन पर न जाने कब तक एकाकार रहते यदि बीच में एक बाइक वाला हॉर्न बजाते हुए और 'हट जा परे ने' कहता ना आ गया होता। दो-एक हल्के-फुल्के चुम्बन के बाद नायिका ने Congrats बोला।

अब नायिका ने गाड़ी का मुआयना किया। नायक ने चाबी उसके हाथ में दे दी। नायिका मुस्कराते हुए कार की तरफ़ न जाकर सामने छोटी-सी दुकान से सिगरेट लेने चली गई। नायक का अब तक खिला हुआ चेहरा धुआँ हो गया।

सिगरेट पीती नायिका कार के पास आई और चाबी वापस करने लगी। नायक के स्वर में एक बेबसी थी—"सिगरेट पीनी ज़रूरी है?"

नायिका जवाब में मुस्कराती रही। नायक सिर झुकाए खड़ा रहा। उसकी उदासी देखकर नायिका ने उसे भी सिगरेट ऑफ़र की। नायक ने भी सिगरेट ले ली। धुआँ बढ़ने लगा।

नायिका कुछ देर बाद बोली—"बाय द वे अपने भइया को मेरा congrats बोल देना!"

नायक ने कहा—"यार तुम अभी तक उसी बात को लिये बैठी हो। और जिस तरह से अभी मिली मुझसे मुझे लगा कि अब सब नॉर्मल हो चुका है!"

कन्या ने सिगरेट को जूते से रगड़ते हुए कहा—"तुमसे तो हमेशा ऐसे ही मिलूँगी यार लेकिन अपने भइया को बता देना कि छोटी ही सही लेकिन अपनी जॉब करती हूँ मैं, अपने पैसों की सिगरेट पीती हूँ। उस दिन तो सबके सामने कुछ कहा नहीं मैंने!"

नायक कुछ बोलना चाह रहा था लेकिन नायिका जारी रही—"और हाँ... फ्लो में तुम्हें मैंने congrats बोल दिया, वो वापस लेती हूँ। जिस दिन तुम अपने पैसे से कार लोगे तब बोलूँगी। हाँ तुम भइया की कार चलाओ उससे मुझे कोई प्रॉब्लम नहीं!"

यह कहकर नायिका ने स्तब्ध खड़े नायक के गाल को चूमा और मेट्रो की तरफ़ बढ़ गई। जाते-जाते मुड़कर भी देखा, हाथ हिलाकर बाय भी बोला।

नायक सिगरेट पीता उसे देखता रहा। एक बच्चा वहाँ हाथ फैलाए आया। नायक ने उसकी तरफ़ देखा तक नहीं। उसने पाँव पकड़ लिए तो नायक ने बेदिली से कहा—"जा यहाँ से, पैसे नहीं हैं मेरे पास!"

बच्चा बड़बड़ाता हुआ हट गया—"सिगरेट पीने के पैसे हैं, मुझे देने के लिए नहीं हैं!"

नायक फ़ुटपाथ पर ही सिर झुकाए बैठ गया। शाम की उमस बढ़ती ही जा रही है।

30

रात के दस बजे भी येलो लाइन मेट्रो में इतनी भीड़ तो होती ही है कि बैठने की जगह ना मिले। मेट्रो गेट के ठीक बग़ल में एक जोड़ा बैठा है। इस जोड़े को देखकर 'रब ने बना दी जोड़ी' वाले जुमले पर भरोसा हो रहा है। अगर उन्हें देखनेवाले ज़रा सा भी भावुक हुए तो उनका गला भी भर सकता है। क्योंकि ये जोड़ा जुड़ा ही ऐसे है। कन्या के हाथ में मोबाइल है। उससे एक ईयरफ़ोन जुड़ा हुआ है। ईयरफ़ोन का एक ईयरपीस कन्या के कान में और दूसरा बालक के कान में लगा हुआ है। दोनों के कानों में जो संगीत तरंग एक साथ जा रही है वो उन दोनों के होंठों पर भी आ रही है—'सन्दली सन्दली नैना विच तेरा नाम वे मुंडेया'।

इनके ठीक सामने एक भाई साहब खड़े भावविभोर हो रहे हैं। एकदम सटकर इस जुगाड़ में खड़े हैं कि आख़िर ये जोड़ा कहीं तो उतरेगा और इनके उतरते ही वे इस 'थ्रोन' के सबसे नज़दीकी दावेदार होंगे।

नई दिल्ली मेट्रो स्टेशन से एक अंकल जी का प्रवेश होता है। उन्होंने आते ही जोड़े को इशारे से सूचित किया कि वे जहाँ बैठे हैं वो सीट 'वृद्ध एवं विकलांगों के लिए' है। जोड़े ने एक-दूसरे को मुस्कराते हुए देखा और अपनी जोड़ी को शाश्वत ठहराते हुए दोनों उठ खड़े हुए। अंकल जी ने कहा—'बेटा...तुम दोनों क्यों उठ गए। मुझे तो बस एक ही सीट चाहिए!' लेकिन जोड़े ने 'इट्स ओके अंकल' कहकर सीट ख़ाली कर दी। अंकल मुस्कराते हुए बैठ गए। अब भी एक जगह बची हुई थी। तो सामने देर से खड़े और देर से ही थ्रोन पर नज़र गड़ाए भाई साहब भी बैठ गए लेकिन उनके चेहरे पर ना जाने क्यों 'उपप्रधानमंत्री' जैसे भाव आ रहे थे। शायद उन्होंने जिस प्रकिया से सीट प्राप्त करने के बारे में सोचा था उस प्रकिया के बग़ैर ही सीट मिल जाने से वे असन्तुष्ट थे! सामने खड़ा जोड़ा एक साथ गुनगुना रहा है—'स्वैग से करेंगे सबका स्वागत!'

31

मेट्रो में लोगों की प्रवृत्ति ना जाने क्यों गेट के आसपास ही रहने की ज़्यादा होती है। इस वक़्त सबको अपने-अपने गन्तव्य पर पहुँचने की जल्दी होती है। जब किसी भी स्टेशन पर मेट्रो रुककर अपने किवाड़ खोलती है तो उस प्लेटफ़ॉर्म पर खड़े लोगों की आँखों में अन्दर का हाल एक ख़ौफ़ सा पैदा करता है लेकिन घड़ी की सूइयाँ कुछ और ही वजनी होती जाती हैं इसलिए वे लोग किसी भी कीमत में मेट्रो के अन्दर घुसने की तत्परता दिखाते हैं और अक्सर होता ये है कि बाहर के लोग अपनी सम्पूर्ण ताकत झोंकते हुए अन्दर प्रवेश पाना चाहते हैं। ठीक उसी समय इक्का-दुक्का लोग मेट्रो के सुदूर अन्दर से बाहर आने की जद्दोजहद में लगे होते हैं। इधर दरवाज़े बन्द होने का संकेत करनेवाली म्यूज़िक बजने लगती है तो दोनों पक्ष के लोगों में जल्दबाजी हावी रहती है और परिस्थिति ऐसी बन जाती है कि जो लोग बेचारे अंगद की तरह पाँव जमाये खड़े रहते हैं उनके सामने 'अरे भइया साइड दीजिए' की पुकार को नज़रअन्दाज़ करने के अलावा कोई चारा नहीं बचता। फलस्वरूप उन्हें 'क्या ज़माना आ गया है' का ज़िम्मेदार भी ठहराया जाता है!

देर शाम साढ़े आठ बजे का वक़्त है। स्टेशन है राजीव चौक! इस वक़्त यहाँ से मेट्रो में चढ़ना या यहाँ मेट्रो से उतरने में जन्म लेने और मरने जितना दु:सह दुख सहना पड़ता है। यह बात साँझा ईयरफ़ोन लगाये जोड़े को शायद पता नहीं थी और जब पटेल चौक स्टेशन के बाद राजीव चौक आने ही वाला था तब उन्होंने जल्दी-जल्दी में ईयरफ़ोन समेत ख़ुद को समेटा और उतरने की कोशिश में लग गए! वे आराम से उतर सकते थे लेकिन नायक हर पल साथ देने की प्रतिज्ञा से शायद बद्ध था। लिहाज़ा उसने नायिका का हाथ पकड़ लिया। भीड़ का रेला राजीव चौक पर उतरने के लिए चला तो उधर से भीड़ का मेला चढ़ने के लिए आगे बढ़ रहा था और इस रेलमपेल में नायिका का

न सिर्फ़ हाथ छूट गया बल्कि नायिका ने 'आउच' की दर्दनाक ध्वनि के साथ 'ओ गॉड...स्टूपिड पीपल्स' का जुमला निकाला तो नायक का ध्यान इस बात पर गया कि नायिका का हाथ छूट चुका है और उसने तत्काल अन्दाज़े से ही हाथ पकड़कर खींचा तो एक लड़का बोला—'के कर रा बई यो'

ख़ैर नायिका और नायक प्लेटफ़ॉर्म पर लैंड हुए लेकिन एक मुश्किल हो गई है। जिस लड़के का हाथ नायक ने पकड़ा था वो भी बग़ल में खड़ा होकर चिल्ला रहा था—'बई...तैने यो के किया...या छोरी के चक्कर में तैने म्हारा हाथ धर के खींच के बाहर तार दिया...अब बैंचो भित्तर कैसे जाऊँ...?'

नायक ने सॉरी बोला। उधर नायिका ने कलाई में दर्द की आशंका जताई और बताया कि खींचतान में उसकी स्मार्टवॉच गिर गई कहीं, तब तक मेट्रो निकल चुकी थी। दूसरे लड़के ने कहा—'अरे मैडम वा जाली इब तो मेट्रो... ले गी थारी समार्टवॉच!'

नायिका अब नायक को इस क्षति के लिए ज़िम्मेदार ठहरा रही है और नायक सिर झुकाए खड़ा है!

32

हालाँकि उसको अपनी हैसियत पता है लेकिन ना जाने क्यों वो सवारी जब उसके रिक्शे पर बैठती है तो उसको बहुत अच्छा लगता है और उसका जी चाहता है कि उसका हॉस्टल जल्दी से न आए और वो बिना कुछ बोले रिक्शा चलाता जाए। बस चलाता जाए!

एक महीने पहले जब वो विश्वविद्यालय मेट्रो स्टेशन के बाहर निकलकर, दसियों रिक्शेवालों की मनुहार ठुकराकर चुपचाप उसके रिक्शे पर आकर बैठी थी तो उसे अजीब-सा लगा था क्योंकि वो तो अपने रिक्शे पर ही बैठा था। बाक़ी रिक्शेवालों की तरह वो सवारियों को बुला भी नहीं रहा था लेकिन जो बुला रहे थे उनके रिक्शे पर ना जाकर वो सीधे उसके रिक्शे पर आकर बैठ गई। उसने पूछा—'कहाँ जाना है मैडम?' इस सवाल का जवाब जब वो दे रही थी तब उसने उसके होंठों को ध्यान से देखा था, उसको देखा था!

रिक्शा चलाते हुए उसने पूछा था—'मैडम जी, एक बात बताइए, इतने रिक्शेवाले बुला रहे थे आगे बढ़-बढ़कर, आप उनके रिक्शे में काहे नहीं गईं?' उसने हँसकर जवाब दिया था—'अरे...ग़ुस्सा आता है मुझे उन पर, सवारी के निकलते ही सब अपने रिक्शे पर बैठाने के लिए टूट पड़ते हैं। लगता है जैसे कोई जबरदस्ती है। इसलिए मैं कभी नहीं जाती उन रिक्शेवालों के साथ!'

उसने ये बात हँसते हुए कही थी। रिक्शा चलाते हुए वो सामने देख रहा था इसलिए उसकी हँसी देख नहीं पाया। तड़पकर रह गया। दूसरा सवाल किया—'आप रोज़ इसी टाइम आती हैं क्या?' उसने 'हाँ' कहा तो इसने सोच लिया कि अब वो रोज़ इस टाइम वहीं रिक्शा लेकर खड़ा रहेगा!

तब से लगभग रोज़ ही जब वो पाँच बजे मेट्रो स्टेशन से बाहर निकलती तो वो वहीं खड़ा दिख जाता और वो उसके ही रिक्शे में जाकर चुपचाप बैठ जाती। एक दिन उसने कहा—'तुमको कोई और सवारी मिल जाए करे तो

चले जाया करो!' उसने जवाब दिया—'अरे नहीं मैडम जी, ऐसी बात नहीं है। अक्सर ख़ाली ही रहता हूँ इस टाइम!' जबकि सच बात यह है कि अगर पाँच बजे के आसपास कोई दूसरी सवारी चलने को कहती तो वो मना कर देता है!

इस सिलसिले के शुरू होने के बाद जब पहला संडे आया तो उसके लिए जैसे शाम के पाँच बजे ही नहीं, कुछ ख़ाली-खाली-सा लगता रहा। उसने उस शाम बिलकुल रिक्शा नहीं चलाई! अगली शाम को जब वो आकर बैठी तो उसने पहला ही सवाल किया—'मैडम जी इतवार को आप कहीं नहीं जाती हैं का?' मैडम जी ने इसका जवाब भी हँसते हुए दिया—'क्यों, तुम कल भी वेट कर रहे थे क्या?' उसने इस बार मैडम जी की हँसी पीछे घूमकर देख ली थी! उसने भी हँसते हुए बस इतना ही कहा—'अरे नहीं...मैं तो रोज ही इस टाइम यहीं होता हूँ!'

उस दिन मैडम जी ने पूछा था—'अच्छा एक बात बताओ, तुम्हारी शादी हो गई?' एकदम डायरेक्ट पूछे गए इस सवाल के लिए वो तैयार नहीं था लेकिन जवाब तो देना ही था—'नहीं...नहीं अभी कहाँ...अभी तो पहले पैसा कमा के गाँव में पक्का घर बनवाना है। उसके बाद ही शादी होगा!' दूसरा सवाल तुरन्त आया—'कोई गर्लफ्रेंड है तुम्हारी आई मीन कोई लड़की पसन्द है तुम्हें?'

वो सकपका गया कि आज मैडम जी को क्या हो गया। उसने कहा—'मैडम, आपसे क्या झूठ बोलूँ। गाँव में है एक लड़की...चन्दा नाम है उसका!'

'बात करते हो उससे?'

'हाँ...दोपहर को फ़ोन करती है वो। आधा घंटा रोज बात होता है।'

'अच्छा...व्हाट्सऐप पर नहीं करते?'

'अरे मैडम...हम अँगूठाछाप हैं। हम ई सब नहीं चला पाते हैं!'

'चन्दा कितनी पढ़ी-लिखी है?'

'वो तो पढ़ी है आठवीं तक?'

'अच्छा लाओ अपना मोबाइल दो। मैं तुम्हारे फ़ोन से उसको आई लव यू लिखकर भेजती हूँ मैसेज से!'

'अरे नहीं नहीं...कोई पढ़ लेगा तो बवाल मच जाएगा गाँव में!'

वो मना करता रहा लेकिन उसने उससे मोबाइल ले लिया और चन्दा का नम्बर निकालकर टेक्स्ट किया—I LOVE YOU.

मोबाइल वापस उसको दे दिया और रिक्शे से उतरकर हॉस्टल में चली गई। अगली शाम पाँच बजे वो आई और उसके रिक्शे में बैठने से पहले पूछा—'कोई जवाब आया क्या?' उसने मुँह बिचकाते हुए अपना मोबाइल उसे पकड़ा दिया। उसने मोबाइल का इनबॉक्स चेक किया और ज़ोर-ज़ोर से हँसने लगी। उसकी जिज्ञासा बढ़ गई। उसने पूछा—'क्या हुआ मैडम जी...बताइए ना?'

मैडम ने कहा 'पहले हॉस्टल तक चलो, वहाँ पहुँचकर बताऊँगी!' उसने उस दिन बहुत तेजी से रिक्शा चलाया और जल्दी से हॉस्टल पहुँच गया। गेट पर उतरकर उसने कहा—'जानते हो चन्दा ने क्या लिखा है जवाब में?'

उसने कहा—'मुझे कैसे पता होगा...बताइए ना?'

मैडम ने कहा—'उसने लिखा है कि सच बताना कमीने, रोज़ शाम को जिस कमीनी को रिक्शे पर बैठाकर ले जाते हो, उसी से सीखे हो ना ये लिखना?'

यह कहकर हँसते हुए वो अन्दर चली गई लेकिन वो ग़ुस्से में उबलता रहा। अगली दोपहर तक उबला और जब अगले दिन चन्दा का फ़ोन आया तो फ़ोन पर बहुत झगड़ा हुआ दोनों का! उस दिन शाम को वो उदास था। मैडम ने आते ही कहा—'लड़ लिए ना तुम दोनों?'

वो चुप रहा। मैडम ने कहा—'मैंने तुम्हारे फ़ोन से चन्दा का नम्बर ले लिया था उसी दिन मैं उसको समझा दूँगी। तुम घबराओ मत, सब ठीक हो जाएगा!

अगली शाम पाँच बजे वो मेट्रो गेट से निकली, रिक्शे के बिलकुल पास पहुँच गई लेकिन वो मोबाइल में कुछ देख रहा था। पास पहुँचकर देखा तो वो मैसेज पढ़ने की कोशिश कर रहा था। मैडम ने कहा—'ओ रिक्शा, खाली हो?'

अब उसका ध्यान टूटा। शरमा गया। मैडम ने कहा—'लाओ...दिखाओ क्या मैसेज आया है?'

उसने कहा—'हाँ लेकिन यहीं बता दीजिएगा, ये नहीं कि हॉस्टल पहुँचकर बताएँ?'

मैडम ने मैसेज पढ़ा—I LOVE YOU TOO
उसने कहा—'मतलब...?'
मैडम ने जवाब दिया—'तुम हॉस्टल चलो ईडियट'
उसने कहा—'मतलब?'
मैडम हँस पड़ी...और वो उनको हँसते हुए देखता रहा!

33

विधानसभा मेट्रो स्टेशन के गेट नम्बर दो से निकलकर दस कदम पीछे जाकर पुराना सचिवालय की तरफ़ एक रास्ता गया है जो सामरिक दृष्टि से बहुत ही मुफीद है। इतने पेड़-पौधे हैं कि कुछ जलते हुए बदन तरुवर की छाया में बैठे दिख जाते हैं। दुनिया की परवाह करने की इन्हें ज़रूरत नहीं होती और जो भी दुनियावाले इन्हें देखते हुए वहाँ से गुज़रते हैं वे भी कुछ खास प्रतिक्रिया नहीं देते क्योंकि इस तरफ़ वे अपने किसी काम से ही आते हैं, उनके दिमाग़ पहले से ही काम के चक्कर में उड़े रहते हैं।

लेकिन इस जलते बदन वाले जोड़े को जिनसे सावधान रहना चाहिए था वह थे बन्दर और मच्छर। परन्तु शायद वे पहली बार स्कूटी से इस वीराने की तरफ़ आए थे और ज़रा-सी आड़ दिखते ही दोनों ने अपने-अपने स्थान ग्रहण कर लिए थे। उन्होंने सोचा होगा कि इधर से कम लोग गुज़रते हैं। यह सटीक जगह है लेकिन उन्हें यह याद रखना चाहिए था कि सारे बन्दर विकसित होकर इनसान नहीं बन गए। कुछ अभी भी पेड़ों पर गुलाटियाँ मारते रहते हैं। बचे मच्छर तो आहाहा...वे तो हम हिन्दुस्तानियों के हर सुख-दुख में हमेशा साथ बने रहते हैं। ख़ून का रिश्ता है हमारा उनसे।

तो एक जोड़ा मेट्रो की दीवार और विधानसभा की दीवार के बीच वाली गली में बैठा था। उनकी स्कूटी मेट्रो गेट के ठीक सामने खड़ी थी। अब मेट्रो स्टेशन की दीवार है तो शीशे की अतएव जोड़ा जितनी गोपनीय जगह उसे मानकर एक-दूजे में गहरे पैठ जाना चाह रहा था, वो जगह उतनी गोपनीय थी नहीं। ऊपर पेड़ पर बैठा हमारा एक पूर्वज पूरे मामले पर नज़र बनाए हुए था। धीरे-धीरे वो पेड़ से नीचे उतरा और एक-दूसरे में ना जाने क्या तलाश रहे जोड़े के बग़ल से नायिका का दुपट्टा और नायक का मास्क लेकर चुपचाप पेड़ पर जा चढ़ा।

जोड़े को पता नहीं था कि ये कब हुआ। भला हो उसका जिसने नायक के मोबाइल पर कॉल किया। जेब में पड़ा मोबाइल बजते ही दोनों एक-दूसरे से अलग हुए। जब नायक मोबाइल पर बात करने लगा तब नायिका का ध्यान इस बात पर गया कि अनुसंधान कार्य में जुटने के पहले अपना दुपट्टा जहाँ रखा था, वो अब वहाँ नहीं है। वो जोर से चिल्लाई—"राहुल!" मोबाइल पर बात कर रहे राहुल ने चुप रहने का इशारा और क्या हुआ पूछने का इशारा एक ही हाथ से किया। नायिका ने इशारे से दुपट्टे के बारे में बताया लेकिन नायक को वो एक रोमांटिक इशारा लगा। उसने बस दाँत चियार दिए।

जब तक नायक बात करता रहा, नायिका इधर-उधर चकर-मकर देखती रही। हर तरफ़ निराशा और मच्छर फैले हुए थे। पाँच मिनट तक बात करने के बाद नायक ने पूछा कि क्या हुआ। सब जानने के बाद नायक भी परेशान हुआ। अब नायक गली में खोजने लगा और नायिका ने दुपट्टे के उद्भव, विकास एवं महत्त्व के बारे में बताना शुरू किया, जिसका लब्बोलुआब ये था कि "उपरोक्त दुपट्टा" उसकी दीदी का था, जिसे उसके होनेवाले पति ने उसके बड्डे पर लाजपत नगर से दिलाया था और आज बहुत रिक्वेस्ट के बाद नायिका दीदी से वो दुपट्टा लेकर आई थी।

अब दोनों को पसीने छूटने लगे। अचानक नायक का मास्क ऊपर से नीचे गिरा। चारों आँखें ऊपर उठीं और दो आँखों के नीचे वाले मुँह से चीख निकली—"नहीं..." ऊपर बैठा बन्दर दुपट्टे में से सितारों को नोच कर आसमां में वापस भेज रहा था। नायिका रोने लगी। राहुल प्लीज़ कुछ करो। राहुल अपने मास्क को देख रहा था। क्या करता, हुर्र-हुर्र टाइप की कुछ आवाज़ें निकाली उसने लेकिन कपि ने कोई लोड नहीं लिया। वो पूर्ववत सितारों को आकाशगंगा में भेजता रहा!

तीन-चार रिक्शेवाले आए। उन्हें माजरा समझ में आ गया तो उन्होंने मदद के लिए अपने हाथ बढ़ाए लेकिन किसी के भी हाथ बन्दर के गिरेबां तक नहीं पहुँच रहे थे। एक रिक्शेवाले ने एक पास पड़े दो-चार कंकड़ बन्दर की तरफ़ उछाले तो बन्दर दुपट्टे को वहीं छोड़कर दूर चला गया। दुपट्टा एक

डाल में अटक कर रह गया। नायिका का दम हलक में अटक के रह गया।

एक रिक्शेवाले ने बहुत प्रयास करके दीवार पर कुछ ऊँचाई पर चढ़कर एक बड़े से डंडे से दुपट्टा नीचे लाने में सफलता प्राप्त की। राहुल ने बड़ी ज़िम्मेदारी से उस डंडे से दुपट्टा निकालकर नायिका को दिया। आँसुओं से भरी आँखों से नायिका ने देखा तो दुपट्टे में हुए छेदों से पूरा माल रोड दिख रहा था। वो फूट-फूटकर रोने लगी। रिक्शेवाले दूर चले गए। नायक का मोबाइल फिर बजा लेकिन इस बार उसने जेब के बाहर से ही उसका गला दबाकर चुप करा दिया।

अब नायिका की मुसीबत यह है कि जाके दीदी से नज़रें मिलाऊँ कैसे... घर जाऊँ कैसे...वो बैठी रो रही है। नायक मच्छर मार रहा है।

34

बारिश की आहट है। गुलाबी मेट्रो में एक भाई साहब सोशल डिस्टेंसिंग को धता बताते हुए बग़ल में बैठी मोहतरमा से सटे ही जा रहे हैं और मोहतरमा उन्हें बता रही हैं कि उनका नसीब ही ख़राब है। भाई साहब यूँ तो तार बिजली से पतले हैं लेकिन नज़दीकियों की वजह से इलेक्ट्रिक पिया होते जा रहे हैं। उनका कहना है—"छोड़ो ऐसी बातें, मौसम देखो कितना अच्छा है!" यह कहते हुए वे कुछ मिलीमीटर और खिसक जाते हैं। लेकिन मोहतरमा पाकीज़ा बनने के मूड में कतई नहीं हैं, वे जारी हैं—"तुम अबके उनके बच्चों की फीस नहीं दोगे...बस्स!"

वे 'हाँ' कहते हैं। आज तो मोहतरमा वचन भी माँग लें तो ये सूरमा रीति से पीछे नहीं हटनेवाला। मोहतरमा कती यथार्थवादी हो रखी हैं और मेट्रो पे पड़ रही बारिश की बूँदें भाई के अन्दर स्थूल के प्रति सूक्ष्म का विद्रोह जगा रही हैं। अब भाई ने यूट्यूब का दर खटखटाया और 'अभी ज़िन्दा हूँ तो जी लेने दो' नामक याचिका दायर की। मोहतरमा ने स्क्रीन देखते हुए पूछा—"अजय देवगन है ना ये?" कोई जवाब नहीं आया।

बारिश बढ़ रही है। भाई साहब ने अब मोहतरमा का हाथ अपने हाथों में ले लिया और किसी चातक की तरह मुँह खोलने लगे। मोहतरमा पर्याप्त नज़दीक हैं। चातक के मुँह से निकले भभके ने मोहतरमा को स्वाति बनने से रोक लिया, वे बोलीं—"उँह्ह...ब्रश नहीं किये हो क्या आज?" और इस प्रश्न के साथ ही सोशल डिस्टेंसिंग बहाल हो गई। अब भाई साहब ने मोबाइल जेब में रख लिया है।

मौसम सुहावना नहीं, अब कींचकाच भरा हो गया है।

35

स्टेशन के ठीक बाहर "छोड़ो ना कोई देख लेगा" के पुरुष स्वर से मैं चौंक गया। स्वर की दिशा में उचित आड़ और दूरी से देखा तो नायिका ने नायक को दबोच रखा था और नायक ससुर बिलबिला रहे थे। नायिका "आज होली है" कहकर कोई रस्म निभाना चाह रही थी लेकिन नायक भयभीत था। नायिका कह रही थी—"अरे आज कौन आएगा जो देख लेगा?" नायक तार्किक लग रहा है—"कोई ना आता-जाता तो मेट्रो इस टाइम क्यों चलती?"

नायिका ने नायक को पाशमुक्त कर दिया और ग़ुस्से में बोली—"तुम तो यार लड़कियों जैसे नखरे दिखा रहे हो!" यह कहकर नायिका जाने लगी तो नायक "वो बात नहीं है" कहते हुए पीछे-पीछे चल पड़ा और नायिका का हाथ पकड़ लिया। नायिका ने दूसरे हाथ से मास्क ऊपर कर लिया और उसी ताप से बोली—"अब कोई नहीं देखेगा क्या?" नायक ने उत्तर दिया—"अरे तुम समझी नहीं, मैं ये कह रहा था कि पार्क में चलें क्या?" नायिका ने कहा—"नहीं मुझे घर जाना है अभी!" नायक ने कहा—"आज होली है!" नायिका बोली—"हाँ जानती हूँ!" दोनों चुपचाप कुछ देर खड़े रहे। फिर नायक ने "सॉरी" बोला। और जेब से गुलाल का पैकेट निकालकर नायिका के गालों पर लगाया। नायिका के हाथों को चूमा। दोनों गले मिले। देर तक मिले रहे। मैं सोचता रहा कि बाक़ी की कोई रस्म निभाएँगे ये दोनों, निभाने का माहौल एक बार दोबारा बना भी लेकिन नायिका बिजली के झटके से हट के बोली—"तुमने आज फिर गुटखा खाया है ना?" नायक ने कहा—"इलायची है बाबू!"

नायिका ने कहा—"भाड़ में जाओ!" और चल पड़ी। नायक वहीं खड़े-खड़े माथा पीटता रहा। बड़बड़ाता रहा—"साला गुटखा के चक्कर में आज फिर नुकसान हो गया!" फिर नायक भी नायिका से उचित दूरी बनाकर मंथर गति से पीछे-पीछे चलने लगा।

36

नेताजी सुभाष प्लेस मेट्रो स्टेशन पर जैसे ही मेट्रो आई एक भाई सीधे महिलाओं वाले कोच में चला गया और न जाने किस अत्यन्त ज़रूरी काम के प्रेशर में मेट्रो के फर्श पर बैठ गया। लैपटॉप खोला, जब तक लैपटॉप आँखें खोलकर सामान्य होता तब तक किसी से कोई ईमेल भेजने की बात की। और फिर टाइपिंग में लग गया।

दूसरे कोच की शुरूआत में खड़े लोगों में से एक ने टिप्पणी की—"अरे भाई...इसमें आजा...पाँच सौ का जुर्माना है!" उसे आश्चर्य से देख रही महिलाएँ और लड़कियाँ हँस पड़ीं लेकिन वो भाई लैपटॉप में ही गड़ा रहा। जो भी लोग समझ पा रहे थे सब हँस रहे थे लेकिन इतनी सारी आँखों की घेरघार का भी उस पर असर नहीं हो रहा था।

दूसरे कोच की पहली सीट पर बैठी एक आंटी जी खड़ी हुईं; एक युवा ख़ाली हो रही सीट पर लपका और बैठने का दावा अपने हाव-भाव से किया तो आंटी ने कहा—"मैं अभी उतर नहीं रही हूँ। एक मिनट में आती हूँ!" कुछ लोगों का ध्यान अब आंटी पर गया। वे महिलाओं वाले डब्बे में गईं। लैपटॉप से जूझ रहे लड़के से बोलीं—"चलो सीट पर बैठकर अपना काम कर लो, ये लेडीज़ कोच है!"

अब उसका ध्यान इस बात पर गया। चेहरे पर शर्मिन्दगी के भाव आ गए। सॉरी-सॉरी बोलता हुआ खड़ा हुआ। आंटी ने इशारे से उसे अपनी सीट दिखाई। वो अपना साजो-सामान लिये वहाँ आकर बैठ गया। आंटी को थैंक्स बोला और फिर काम में लग गया।

आंटी ने आसपास के लोगों को बताना शुरू किया—"प्राइवेट जॉब में यही हालत होती है; मेरी बेटी भी ऐसे ही लगी रहती है सारा दिन लैपटॉप में; खाने-पीने का होश भी नहीं रहता!" कुछ और लोगों ने भी इस विषय पर अपनी

राय ज़ाहिर की। इस दौरान वो लड़का थोड़ा फ्री हो गया और बातें सुनने लगा।

कुछ देर बाद लड़के ने बताया—"आज तो मैंने लीव ले रखी है ऑफ़िस से, तब ये हाल है!" लोगों ने आश्चर्य व्यक्त किया। आंटी बोलीं—"बेटा, काम हो गया हो तो अब मैं बैठ जाऊँ। मेरे घुटनों में प्रॉब्लम है!"

दोबारा शर्मिन्दा होते हुए लड़का खड़ा हो गया। आंटी बैठ गईं। अब बग़ल में बैठकर देर से सेल्फी ले रहे एक लड़के की तरफ़ सबका ध्यान है। जो आज पूरी अल्बम रिलीज़ कर देगा शाम तक।

37

लाजपत नगर मेट्रो स्टेशन से बाहर निकलते ही एक चकाचौंध से भरी दुनिया शुरू हो जाती है। गेट के बाहर मेट्रो ब्रिज के नीचे एक माँ अपने बच्चे को दूध पिला रही थी और अपनी बड़ी बेटी, जिसकी उम्र पाँच साल होगी, को सामने रुके ट्रैफ़िक के बीच इशारे से भेज देती है। बच्ची ने दो-तीन कार वालों के सामने हाथ पसारा लेकिन किसी ने ध्यान ही नहीं दिया। बच्ची निराश कदमों से अपनी माँ के पास वापस आ जाती है।

वहीं पर भुट्टे बेच रहे आदमी ने हँसकर कहा—"तू भी उठ जाया कर... हमेशा बिटिया को भेजती रहती है!"

औरत ने चिढ़कर ज़वाब दिया—"ये छोड़े तब ना...जब देखो दूध के लिए रोता रहता है!"

इस जवाब पर भुट्टेवाला मज़ाक़ उड़ानेवाली हँसी हँसकर रह जाता है।

औरत ने अपनी बेटी को कोसते हुए कहा—"अब तू जब बड़ी होगी तभी तुझे पैसे देंगें लोग। तू इसको सँभाल मैं आती हूँ माँगकर पैसे!" बेटी अपनी गोदी में अपने भाई को लेकर बैठ जाती है। भाई को रोते हुए देखती रह जाती है।

सामने एक कार खड़ी है, जिसमें बैठा एक आदमी मोबाइल पर किसी से झगड़ रहा था और सिगरेट पी रहा था। उसके सामने हाथ जोड़कर वो चुपचाप खड़ी हो जाती है। बात कर लेने के बाद वो आदमी चिल्लाकर कहता है—"चल भाग यहाँ से!" यह कहकर कार का शीशा ऊपर चढ़ा लेता है। वो मायूस हो जाती है। बग़ल में खड़े होकर छोले-कुल्चे खा रहे जोड़े ने एक प्लेट कुल्चा उसको दे दिया। उनको आशीष भरी निगाहों से देखकर वो अपनी सन्तानों के पास कुल्चे लेकर चल पड़ती है।

रास्ते में खड़ा भुट्टेवाला छेड़ता है—"ए सुन ना...अब तो बता दे ये छोटा वाला किसका है, सुलेमान का या उस लँगड़े का?"

वो कहती है—"तू रोज़ क्यों पूछता है...तुझे लगता है कि मुझे बुरा लगेगा। किसी का हो, मुझे याद नहीं। तब भूख ज़्यादा लगती थी। जो भी आ जाए चलता था। अब इन दोनों को भूख लगती है। अब कोई नहीं आता!"

भुट्टेवाला उसी टोन में जारी था—"तीसरा बच्चा भी करेगी तो बोल!"

"मर जा कुत्ते" बोलती हुई वो अपने बच्चों के पास कुल्चे की प्लेट लेकर पहुँच जाती है। गाली सुनने के बाद भुट्टेवाला कहता है—"साली... कल के भुट्टे के दस रुपये दे दे।"

वो अपनी बेटी को एक निवाला खिलाते हुए कहती है—"खा लेने दे हरामी...अभी माँगकर देती हूँ!"

मेट्रो के एंट्री गेट पर शॉपिंग करके लौटा एक परिवार भुट्टा खाने की योजना बना रहा है।

38

मेट्रो प्लेटफ़ॉर्म पर खड़ी महिला के हाथों में दो-तीन महीने का एक बच्चा था। कंधे पर एक थैला लटका हुआ था, थैले में से एक खिलौना बाहर झाँक रहा था। माँ के चेहरे पर एक शक्ति थी, ममता की ताकत, विश्वास और प्यार के साथ वो अपने बच्चे को चूम रही थी, उसे दुलार रही थी। यह दृश्य ऐसा था जैसे चिड़िया दिन-भर बाहर रहने के बाद शाम को अपने घोंसले में वापस आई है।

लेकिन नहीं, ये तुलना ठीक नहीं है। मेट्रो में बैठने के बाद माँ को एहसास हुआ कि मुट्ठी में बन्द मेट्रो टोकन कहीं गिर गया है तो चलती मेट्रो एक क़ैद की तरह लगने लगी, माँ की आँखें भर आईं। वो सिसक-सिसककर रोने लगी। पास ही बैठी दो लड़कियों ने घबराकर पूछा—"अरे...क्या हुआ... आप रो क्यों रही हैं?"

दर्द अकेला कभी नहीं आता, इस साले के अपने रिश्तेदार होते हैं, हमेशा साथ रहते हैं। माँ रोती रही, रोते-रोते उसने पहले ये बताया कि उसके हाथ से टोकन कहीं गिर गया है। "कहाँ जाना है?" के जवाब में माँ के आँसू तेज़ हो गए। उसने बताया—"मैंने घर छोड़ दिया है!"

Anyone have water bottle के सवाल के साथ एक सूट-बूटधारी खड़ा हुआ और लगभग आधे कोच में टहल आया। एक सज्जन ने पानी दिया। पानी लेकर वे भाई साहब महिला के पास आए, और बहुत ही जोश के साथ बोले—"ले पानी पी और तू दुर्गा है, इन्दिरा है, कल्पना चावला है। तू कैसे रो सकती है?" उनके जोश से बच्चा डरके रोने लगा, माँ ने उसे सीने से लगाते हुए चुप कराया और धीरे से बोली—"मेरा नाम ये सब नहीं है भाई साहब, सुरेखा नाम है मेरा!" उस भाई ने हँसते हुए कहा—"ले पहले पानी पी!" महिला ने एक घूँट पानी पी लिया।

वे ठीक सामनेवाली सीट पर बैठ गए, बोले—"घर क्यों छोड़ा तूने?"

पानी पीने के बाद शायद दुख थोड़ा, बिखर गया था सो आवाज़ को बाहर आने का मौका मिल गया—"रोज-रोज की गाली-मार मुझसे नहीं सही जाती!"

वे बोले—"अपना घर छोड़ देगी तू...तुझे लड़ना होगा; अपने हक़ के लिए; अपने बच्चे के भविष्य के लिए!"

अब आसपास के लोग भी दृश्य में शामिल होने लगे। भाई ने लोगों को बताया कि मैंने कोविड टाइम में अस्सी हजार लोगों को खाना खिलाया। सैकड़ों को दवाई पहुँचाई और ये महिला इतनी-सी मुसीबत आने पर हार रही है!

सामने बैठी माँ सब सुनती रही। चुपचाप। रह-रहकर अपने बच्चे को चूम लेती। मेट्रो की अनाउंसमेंट को ध्यान से सुनती। इधर भाई अब एक मोटीवेशनल स्पीकर में बदल चुका था। बाक़ी सब लोग शान्त हो चुके थे।

अचानक उनका फ़ोन बजा। वे शुरुआती हाय-हैलो के बाद चिल्लाने लगे—"अरे उस साली की डिमांड ही बढ़ती जा रही है, तूने ही सिर चढ़ा रखा है उसे, निकाल उसे काम से, बहुत मिल जाएँगी काम करनेवाली!"

सन्नाटा...सब चुप...माँ की तरफ़ देखते हुए स्पीकर साहब ने पूछा—"क्या सोच रही है?" माँ ने बहुत ही आराम से बोलना शुरू किया—"आपने अभी फ़ोन पर किसी औरत को गाली दी और यहाँ सबको बता रहे हैं कि आप कितने अच्छे आदमी हैं। आपकी सलाह की ज़रूरत नहीं है मुझे। मैंने घर छोड़ा है तो कुछ सोच-समझकर ही छोड़ा है!"

स्पीकर साहब सकते में आ गए। माँ ने बग़ल में बैठी कन्या से पूछा—"मौजपुर में जब उतरूँगी तो कैसे निकलूँगी बाहर...टोकन खो गया है?"

कन्या ने बताया कि कुछ जुर्माना देकर बाहर जा सकती हैं वो; माँ के चेहरे पर अब थोड़ी निश्चिन्तता आ गई। माँ ने थैले से बाहर झाँकते झुनझुने को बाहर निकाला और उसे बजाकर बच्चे को हँसाने की कोशिश में लग गई।

आसमान साफ़ है, सारे पक्षी अपने-अपने घोंसलों में पहुँच गए हैं...एक चिड़िया तिनके जोड़ेगी...घोंसला बनाएगी...अपना घोंसला बनाएगी।

ये तुलना ठीक है।

39

लड़के की दाढ़ी तो माशाल्लाह बहुत घनी है लेकिन उससे ना जाने क्यों मूँछ का वजन नहीं उठाया गया लिहाजा मूँछ नदारद है! साथ में खड़ी कन्या ने बुरका पहन रखा है। बस उसकी आँखें हिजाब की सलाखों के पीछे से झाँक रही हैं। एक हाथ में मोबाइल और दूसरे में पर्स लिए खड़ी है!

दिल्ली गेट स्टेशन से एक बुज़ुर्ग महिला के पीछे एक महिला गोद में बच्चा लिए मेट्रो में सवार हुई। महिलाओं के लिए निर्धारित सीट पर बैठे दो लड़कों को उन्होंने उठाया और पूरे हक़ के साथ बैठ गईं! बैठने के बाद बुज़ुर्ग महिला की नज़र सामने खड़ी बुरके वाली कन्या पर पड़ी और उन्होंने तत्काल दिमाग़ में गुणा-भाग करके साथ बैठी महिला की साड़ी ठीक कराई। इस महिला का पेट अब थोड़ा कम दिख रहा था और साड़ी का आँचल दोनों कंधों पर आ गया! बुज़ुर्ग महिला अब सन्तुष्ट दिखीं लेकिन नज़र बुरके पर ही गड़ाए रखी!

बुरके वाली कन्या ने बग़ल में खड़े नायक से इशारे से पानी माँगा, लड़के ने बॉटल् दी। उसने चेहरे से हिजाब हटाया...पानी और हवा के घूँट साथ पीए। लेकिन हवा के घूँट अभी फेफड़ों तक पहुँचे ही होंगें कि इधर लड़के ने इशारे से उसे दोबारा चेहरा ढँकने को कहा लेकिन लड़की के चेहरे पर मिन्नत के भाव थे कि प्लीज़ अभी कुछ देर ऐसे ही रहने दो और लड़के ने आधे-अधूरे मन से उसे सहमति दे दी!

इधर साड़ी में बैठी महिला की गोद में अब तक चुपचाप रहा बालक मचलने लगा। रोने की प्रक्रिया में आने ही वाला था कि उसकी माता ने उसे चुप कराने की कोशिश शुरू करा दी लेकिन बालक का रुदन धीरे-धीरे रफ़्तार पकड़ने लगा! बुज़ुर्ग महिला ने कहा—'शायद भूखा है' लेकिन अब मेट्रो के अन्दर बालक को दुग्धपान कराना महिला को बहुत चुनौतीपूर्ण कार्य

लगा। इधर बालक का हठ बढ़ता ही जा रहा था!

बालक अपनी माँ की साड़ी पकड़कर खींचने लगा। उधर दाढ़ी वाला लड़का साथ खड़ी कन्या को हिजाब लगाने का आक्रामक संकेत करता रहा। कुछ देर बाद कन्या चिढ़ गई और उसने बुरके में से हिजाब को खोलकर अलग कर लिया और पर्स में रख दिया। लड़के की आँखों से अंगारे बरसने लगे लेकिन सार्वजनिक रूप से कुछ कह पाने में वह अक्षम था!

रोते बालक को चुप कराने का असफल प्रयास बुज़ुर्ग महिला ने किया। बालक की माँ ने बालक को अपनी गोद में लिया और आँचल से ढँककर दूध पिलाने लगी। बुज़ुर्ग महिला को यह बात नागवार गुज़र रही थी क्योंकि यह उसकी मुखमुद्रा से स्पष्ट था लेकिन वह भी शान्त थी!

थोड़ी-थोड़ी देर में पानी का घूँट पीती हुई कन्या मोबाइल पर कुछ देखकर मुस्कराए जा रही है और इधर दूध पी लेने के बाद बालक माता के चेहरे को बार-बार चूम रहा है! दाढ़ीवाला लड़का और बुज़ुर्ग महिला अपनी आग में सुलग रहे हैं। मेट्रो चलती चली जा रही है!

40

कभी-कभी मेट्रो के कुछ दृश्य बहुत ही शानदार लगते हैं! महिला सीट पर एक महिला बैठी हैं जींस और कुर्ता पहन रखा है। हाथ में आंग्ल भाषा की कोई किताब ले रखी है। पढ़ भी रही हैं! उनके ठीक बग़ल में एक महिला बैठी हैं जो साड़ी पहने हुई हैं। थोड़ी-सी घबराई हुई लग रही हैं और गोद में एक बैग ले रखा है! इन दोनों की उम्र पचास पार की है!

जींस वाली महिला ने किताब बन्द करते हुए कहा—'बहन जी, बैग नीचे रख दीजिए। आराम से बैठिए!' उन्होंने कहा—'अरे नहीं बहिनी...कोऊ लेके भाग सकत है!' मुस्कराते हुए उस महिला ने ख़ुद ही इनकी गोद से बैग उतारकर नीचे रख दिया और बोलीं—'आप रिलैक्स रहो...कुछ नहीं होगा!' अब थोड़ी सी मुस्कान इनके चेहरे पर भी आई!

सवाल आया—'आप कहाँ जा रही हैं?'

'हमारा बेटवा रहता है यहीं जहाँगीरपुरी में...उसके पास ही जाना है...गाँव का एक आदमी आ रहा था तो उसी के साथ रेल से आ गए। बेटवा को उसने फ़ोन कर दिया था कि चाची को हम मेटरो से भेज रहे हैं...उतार लेना वहाँ!'

'अच्छा...कैसा लग रहा है आपको मेट्रो में?'

'नया-नया लग रहा है। बस दिख नहीं रहा है बाहर कुछ तो मन घबरा रहा है!'

'अरे...आप घबराइए नहीं। कुछ देर में आप पहुँच जाएँगीं!'

'अच्छा बहिनी...एक बात पूछें?'

'पूछिए!'

'आप घर के बाहर साड़ी नहीं पहनती हैं का?'

ज़ोर से हँसते हुए जवाब आया—'पहन लेते हैं कभी-कभी!'

'बुरा मत मानिएगा। हम तो बस ऐसे ही पूछ लिए!'

‘इसमें बुरा क्या मानना!’

जीटीबी नगर मेट्रो स्टेशन पर वह महिला इनको नमस्ते बोलकर उतर गईं! उनके जाने के बाद इन्होंने ख़ुद से ही एक बात कही लेकिन मन में नहीं, सबको सुनाकर—‘भला बताइए...यहीं ठीक है हिसाब...हमारे गाँव में तो परधान की पतोह मैक्सी पहन लेती है शाम को तो पूरा गाँव में हल्ला हो गया मैक्सी वाली भउजी...मैक्सी वाली भउजी...’ गाँव के सब लाखैरा दिल्ली आ जाएँ तो पगला जाएँ!’

अब इन्होंने अपना बैग फिर से गोद में रख लिया है।

41

कश्मीरी गेट मेट्रो स्टेशन अन्दर से इडन गार्डन जैसा फील देता है। यहाँ से दिल्ली की विभिन्न दिशाओं में मेट्रो जाती है...लेकिन इसके परिसर का विस्तार इतना है कि कितनी भी भीड़ हो पता नहीं चलता है!

स्टेशन के प्रथम तल पर जहाँ से वायलेट लाइन के लिए राहें निकलती हैं, एक फास्ट फूड की शॉप है। एक कन्या वहीं दीवार से लगी बैठी है और पॉपकॉर्न खा रही है साथ ही ईयरफ़ोन की सहायता से कहीं पर वार्ता भी कर रही है! एक भाई साहब उधर से गुज़रते हुए ठिठके, कुछ सोचा और कन्या के ठीक सामने एक पिलर से टिककर बैठ गए और मोबाइल में देखने के बहाने से कन्या तो देखने-ताकने लगे!

भाई साहब के पेट का आयतन ज्यामितीय के किसी भी फ़ॉर्मूला से आउटर लिमिट से बाहर बैठ रहा था। जब वे बाकायदा बैठ चुके थे तो पेट बेल्ट की बनाई सीमारेखा का उल्लंघन करके बाहरी क्षेत्र का अतिक्रमण करने लगा। कन्या को पेट का यह दुस्साहस अच्छा लगा और वो बीच-बीच में भाई के पेट को देखकर मुस्कराने लगी लेकिन उसकी इस मुस्कान का भावार्थ भाई साहब ने कुछ और ही लगाया तथा मन-ही-मन मुरब्बा होने लगे!

कन्या ने कुछ देर में पॉपकॉर्न खत्म किया और उठकर वायलेट लाइन के रास्ते जाने लगी। जाते-जाते भाई के मध्य प्रदेश पर उसने एक नज़र और डाली एवं मुस्कराते हुए रवाना हो गई। अब तो भाई साहब से नहीं रहा गया। वे किसी सम्भावना की तलाश में झटके से उठ खड़े हुए। अब जीवन में कभी इसके पहले उन्होंने इतनी फ़ुर्ती तो दिखाई नहीं थी इसलिए उनकी इस फ़ुर्ती के लिए उनके बेल्ट और पेट का आपसी तालमेल तैयार नहीं था। फलतः उनके उठते-उठते बेल्ट खटाक की ध्वनि के साथ टूट गया और जब तक वे कुछ समझ पाते उनकी पैंट फर्श चूग चुकी थी। उन्होंने ज़ोर से 'धत् साला' की

चीख निकाली। उनकी चीख कन्या के कानो तक पहुँची और उसने घूमकर देखा, देखते ही कन्या की मुस्कान ठहाके में बदल गई और वे भाई साहब उसी तेज़ी के साथ वहीं बैठ गए!

कुछ देर नतमस्तक रहे फिर किसी तरह खड़े हुए। एक हाथ में बैग पकड़े और दूसरे हाथ से इकट्ठे ही बेल्ट की लाश एवं पैंट को कमर पर कसकर पकड़े हौले-हौले रेडलाइन मेट्रो की तरफ़ चल पड़े!

42

कश्मीरी गेट से एक कन्या मेट्रो में आई और गेट के बग़ल में स्थित दो सीटों की जोड़ी की तरफ़ बढ़ी तो उनमें से एक सीट पर पहले से ही बैठे भाई साहब अपने चेहरे पर 'कभी-कभी मेरे दिल में ख़याल आता है' के भाव को आने से नहीं रोक सके और जैसे ही कन्या उनके बग़ल में बैठी वे 'कि जैसे तुझको बनाया गया है मेरे लिए' सोचते हुए लजा गए!

कन्या बहुत थकी हुई सी मालूम पड़ती है। ऊपर से दिल्ली की उमस। कन्या ने सिर पीछे टिकाया और आँखें बन्द करके बैठी रही। शायद थोड़ी देर में थकान को मेट्रो की एसी ने ढँक लिया और कन्या की आँख लग गई। धीरे-धीरे उसका सिर भाई साहब के कंधे की तरफ़ झुकने लगा और एक झटके से कंधे पर टिक भी गया लेकिन प्रारम्भिक नींद में इस प्रक्रिया का पता कन्या को लग गया और उसने तुरन्त स्वयं को सँभाला और 'सॉरी' बोला, जिसकी ज़रूरत तो भाई साहब को बिलकुल भी नहीं थी क्योंकि वे तो 'यूँ ही बेख़याल होकर कभी छू लिया किसी ने, कई ख़्वाब देख डाले यहाँ मेरी बेखुदी ने' की भावना में डूबे हुए थे!

इसके बाद कन्या सतर्क तो हुई लेकिन महानगरीय रूटीन से उत्पन्न थकान फिर से हावी हुई और कन्या भाई के कंधे पर सिर टिकाए सो ही गई। उसकी ज़ुल्फ़ें भाई साहब के कंधे से लटक रही थीं और भाई साहब उठने या हिलने के बारे में सोच भी नहीं सकते थे। उनके दिल में तो मानो ये ख़याल चल रहा था कि 'ज़िन्दगी तेरी ज़ुल्फ़ों की नर्म छाँव में गुज़रने पाती तो शादाब हो भी सकती थी'!

कन्या सोती रही। जब मॉडल टाउन मेट्रो स्टेशन के आने की उद्घोषणा हुई तो भाई साहब चिन्तित हो उठे। शायद उनको वहीं उतरना था लेकिन इधर उनके कंधों पर इतनी हसीन ज़िम्मेदारी थी कि उसको निभाने का काम अधूरा

छोड़ने का पाप भी वे नहीं कर सकते थे। इधर बार-बार मॉडल टाउन स्टेशन आने की घोषणा होती रही। स्टेशन आया...ट्रेन रुकी...दरवाज़े खुले...दो-चार लोग उतरे...दरवाज़े बन्द होने की घोषणा दोनों भाषाओं में होती रही। चेहरे पर सारी जल्दबाजी के बावज़ूद भाई साहब ने अपने जिस्म में ज़रा सी भी जुम्बिश नहीं होने दी जिससे कन्या की नींद में ख़लल पड़े। सारी उद्घोषणाएँ हयात की तरह सिर पर चीख़ती रही लेकिन भाई साहब तो घनेरी ज़ुल्फ़ के साये में छुपकर जीते रहे!

मेट्रो एक स्टेशन आगे तक आ गई। भाई टस से मस नहीं हुआ। अचानक कन्या की जेब में रखा मोबाइल बजा। वो थोड़ा-सा कुनमुनाई तो भाई साहब को उसके जागने की आहट मिल गई और उनकी समझ में कुछ नहीं आया तो उन्होंने भी अपनी आँखें बन्द कर लीं! इधर मोबाइल बजने से कन्या जाग गई और ख़ुद को ऐसे सोता समझकर शर्मिन्दा हुई!

अगले स्टेशन के आने की उद्घोषणा होने लगी तो भाई साहब जो कि नींद में होने का अभिनय कर रहे थे, तुरन्त उठ खड़े हुए और मेट्रो के रुकने का इन्तज़ार करने लगे। उनका भी फ़ोन बजा। उठाकर बोले—'हाँ यार...आ गया हूँ बस!' शायद पत्नी की कॉल थी। जब वे बात कर रहे थे तभी मेट्रो में घोषणा हुई कि अगला स्टेशन आदर्शनगर है तो उधर उनकी श्रीमती ने सुन लिया और शायद पूछा कि तुम्हें मॉडल टाउन उतरना है तो तुम आदर्शनगर क्यों पहुँच गए? उन्होंने कहा—'अरे, इस मेट्रो में ही कोई गड़बड़ी है। रुक रही है मॉडलटाउन और आवाज़ आ रही है आदर्शनगर की। टेक्निकल प्रॉब्लम है कुछ...तुम रखो। मैं आ गया बस...पाँच मिनट!'

यह कहते हुए भाई साहब आदर्शनगर स्टेशन पर उतरे और लगभग दौड़ते हुए सीढ़ियाँ उतरने लगे! उधर कन्या फिर सो गई है।

पास ही खड़ा एक लौंडा गाने लगा—'यूँ ही कोई मिल गया था, सरे-राह चलते-चलते!'

43

"मतलब ये क्या...काली लड़कियाँ भी अब टाँगें दिखाएँगीं...छी?" यह बोलते हुए लड़के ने बग़ल में बैठे अपने दोस्त के कंधे पर सिर रख दिया। सामने शॉर्ट्स पहने खड़ी लड़की ने ये सुन लिया था लेकिन अपने हाव-भाव से उसने कोई असर ज़ाहिर नहीं होने दिया।

मेट्रो चलती रही। लोग आते-जाते रहे। वो लड़की वहीं खड़ी रही। पंजाबी बाग स्टेशन से एक भाई साहब सपत्नीक सवार हुए और सामनेवाली सीट पर बैठ गए। वे बार-बार पत्नी को इशारे से पल्लू ठीक करने का इशारा कर रहे थे, वे नहीं चाहते थे कि उनकी पत्नी की रेशमी जुल्फें सबको दिखें। पल्लू बार-बार फिसल रहा था।

दूसरी तरफ़ बैठे दोनों लड़कों में से एक लगातार जारी था, ये वही था जिसे काली लड़कियों की टाँगें देख उबकाई आ रही थी। उसने अपने दोस्त से मुखातिब होते हुए कहा लेकिन सुनाई सबको दिया—"यार...सिर पे पल्लू तो होना ही चाहिए। सही कह रहा है वो भाई!"

सामने ही खड़ी कन्या ने पहले तो घूमकर उसे एक तमाचा जड़ा और बोली—"टाँगें मेरी...रंग मेरा...तुझे नहीं देखना हो तो आँखें फोड़ ले!" और जब तक वो समझता या बाक़ी लोग समझ पाते कन्या ने दूसरी तरफ़ बैठी उस महिला से कहा—"आप बोलो ना कि मास्क लगा रखा है ना, इसी को घूँघट मान लो!" इतना सुनते ही महिला के पतिदेव बोले—"हाँ हाँ कोई बात नहीं, वैसे भी गर्मी बहुत है!" अगले स्टेशन के आने के पहले ही तमाचा खा चुका सौन्दर्यशास्त्री जाने को उठ खड़ा हुआ तो उसके दोस्त ने कहा—"अबे इसके आगे वाले पर उतरना है हमें!" लेकिन गाल सहलाते हुए बालक ने कहा—"यहीं उतरेंगे, रिक्शा से चल लेंगें!"

माहौल शान्तिपूर्ण हो गया। खाने का वक्त हो ही गया था वैसे भी।

44

चलती मेट्रो में पीली शर्ट वाली लड़की का ब्वॉयफ्रेंड उसके साथ शरारत भरी हाथापाई कर रहा है। एक भाई साहब दीदे फाड़े यह दृश्य देख रहे हैं और कुछ बुदबुदा रहे हैं। क्या बुदबुदा रहे हैं यह मास्क की वजह से समझ में नहीं आ रहा है!

हाथापाई में कन्या की शर्ट का सेकेंड लास्ट बटन टूट गया। लड़के को लग गया कि मुआमला गम्भीर हो गया। सॉरी सॉरी बोलते हुए लड़के ने बटन मेट्रो की फर्श से उठा लिया। कन्या पर अब चंडी सवार हो चुकी थीं। उसने ग़ुस्से में लास्ट बटन भी तोड़ दिया और शर्ट के दोनों सिरों को नाभि के ऊपर ले जाकर गाँठ बाँध दी।

सक्रिय दर्शक भाई साहब की आँखों में एक चमक जाग उठी। उन्होंने कन्या की नाभि पर टकटकी बाँध दी। आपको देखकर देखता रह गया! जब कन्या ने इनकी निगाहों की आँच को नाभि के आसपास महसूस किया तो इनको घूरा लेकिन इनकी आँखें मौके पर जमी रह गईं!

कन्या इनके बिलकुल पास आकर खड़ी हुई और गरजी—'क्या देख रहा है बे, आँखें नीची कर ले नहीं तो खोपड़ी फोड़ दूँगी तेरी!'

'क्या कहूँ और कहने को क्या रह गया। भाई साहब शर्मिन्दा हो गए। लड़के ने भड़की कन्या को खींचकर दूसरे कोच में ले जाना चाहा तो उसे भी झाड़ पड़ी—'तुम जैसे मर्द तो बस औरतों का बटन तोड़ना जानते हैं। उनकी तरफ़ से तो कुछ बोल नहीं सकते!'

लड़का सन्न खड़ा रहा...कन्या मेट्रो का गेट खुलते ही उतर गई। लड़का पीछे-पीछे उतरा, प्लेटफ़ॉर्म पर वो खड़ा हुआ कन्या आगे बढ़ती गई।

'वो मेरे सामने से गया और मैं, रास्ते की तरह देखता रह गया!'

अब ये भाई साहब मास्क हटाकर पानी के सहारे शर्म निगल रहे हैं।

45

मेट्रो में नायिका बुरी तरह से बिफरी हुई है और कमाल ये है कि नायक उसकी हर बात का जवाब दे रहा है जिससे आग में पेट्रोल पड़ने जैसे परिणाम सामने आ रहे हैं!

नायिका इस बात से खफ़ा है कि नायक उससे मिलने के बाद भी लगातार मोबाइल पर ऑनलाइन न्यूज़ देख रहा है। नायिका का कहना है कि जब यही करना था तो मिलना ही नहीं चाहिए था! नायक का तर्क ये है कि आज भारतवर्ष के लिए ऐतिहासिक दिन है इसलिए नायिका को शान्त रहकर इस नए बन रहे इतिहास का साक्षी बनना चाहिए और कम-से-कम आज के दिन तो झगड़ा नहीं ही करना चाहिए!

नायिका मोबाइल पर बुक माई शो के नम्बर से आए व्हाट्सऐप को दिखाते हुए बोली—'ये 'जजमेंटल है क्या' मूवी की दो टिकटें क्यों बुक कराई गई थीं जब इतिहास को बनते हुए देखना था?'

नायक ने कहा—'यार...ये टिकटें कल ही बुक कराई गई हैं। हमें क्या पता था कि सरकार आज ये करनेवाली है!'

इसी मुद्दे पर दोनों में ठनी हुई है। नायक पर आरोप है कि उसने सारे मूड को बरबाद कर दिया। नायक ने अब चुप रहकर मोबाइल पर न्यूज़ देखते रहने का फैसला कर लिया। वो न्यूज़ में इतना डूब गया कि कब नायिका चुपचाप उसके बग़ल से चलकर किस स्टेशन पर उतर गई उसे पता भी नहीं चला!

एक चच्चा लगातार पूरे घटनाक्रम पर नजर बनाए हुए थे। जब न्यूज़ पर विज्ञापन आने लगे तब नायक ने सिर ऊपर उठाया लेकिन नायिका तो वहाँ से ग़ायब थी। दो-तीन बार 'सोनम-सोनम' बुलाने के बाद नायक परेशान हो गया। तुरन्त नम्बर डायल करके मोबाइल को कान से लगाया और फिर जिस

तरह से 'च्च' बोलकर तुरन्त ही मोबाइल कान से हटाया उससे ज़ाहिर था कि नायिका को फ़ोन बन्द था!

सामने खड़े मुस्करा रहे चचा ने कहा—'बेटा, ये दिल्ली है। यहाँ की महबूबा को तुम नज़रबन्द करके ख़ुद जो चाहे नहीं कर सकते। ख़ैर तुम इतिहास का निर्माण देखो। वो तो ब्रिटिशकालीन सिविल लाइन्स में ही उतर गई थी!'

नायक के चेहरे पर ग़ुस्से...शर्मिन्दगी और पश्चात्ताप के भावों का कॉकटेल तैर गया और नई दिल्ली स्टेशन पर मेट्रो के दरवाज़े खुलने पर यह युवा इतिहासकार किसी पुरातत्त्ववेत्ता की भूमिका में इधर-उधर देखता उतर गया!

मेट्रो आगे बढ़ गई।

46

आज मेट्रो जब दोपहर तक रेस्ट कर के निकली है तो बड़ी नहाई-धोई सी लग रही है और जो इक्का-दुक्का लोग मेट्रो में यात्रा कर रहे हैं वे भी कई राउंड नहाए हुए लग रहे हैं। लाख नहाने के बाद भी होली के रंग के अवशेष लगभग हर चेहरे पर हैं। बस एक लड़का है जो आज के दिन भी गुलज़ार साहब की तरह सादा पड़ा हुआ है। कुछ उदास-सा है!

लड़का फ़ोन पर बता रहा है कि वो लास्ट कोच में बैठा है। जीटीबी नगर मेट्रो स्टेशन से एक कन्या का प्रवेश होता है। दोनों एक-दूसरे से बेतहाशा लिपट कर होली मिलन करते हैं। फिर साथ बैठते हैं। कन्या अपने साथ लाई पोटली खोलती है। लड़के की आँखों में चमक उभरती है लेकिन लड़की उसे गुझिया खाने से रोक देती है। पूछती है—'अब तक तुम्हें ना रंग लगा है, ना ही गुलाल?'

लड़के ने जवाब दिया—'तुमने लगाया ही नहीं तो कैसे लगेगा?'

संक्षिप्त सी नाराज़गी के बाद कन्या इस बात पर राज़ी हुई कि लड़का फ़िलहाल एक गुझिया खा ले। इंडिया गेट जाने के पहले वो कहीं से गुलाल खरीदेगी। लड़के को लगाएगी। फिर दोनों इंडिया गेट के सामने गुझिया खाएँगे।

47

मेट्रो में बैठी नायिका मोबाइल पर कोई गेम खेल रही है और खेल के सारे उतार-चढ़ाव उसके चेहरे पर रेखांकित हो रहे हैं। बग़ल में बैठा नायक कभी दर्शक तो कभी वक्ता की भूमिका निभा रहा है लेकिन जब वो वक्ता बन रहा है तो नायिका बिलकुल श्रोता बनने के मूड में नहीं लग रही है, बल्कि 'चुप बैठो थोड़ी देर' कहते हुए गेम जारी रखे हुए है!

नायक ना चाहते हुए अब उस गेम को देखने लगा और नायिका की हौसलाअफजाई करने लगा। अचानक नायिका ने मोबाइल से बग़ैर दृष्टि हटाए नायक को निवेदन के लहजे में आदेश दिया—"सुनो ना बेबी...ज़रा मेरे राइट पैर के घुटने पर खुजा दो ना, प्लीज़, प्लीज़, प्लीज़!" इतनी सारी प्लीज़ की भरमार के आगे नायक विवश हो गया और नायिका के घुटने पर खुजाने लगा। नायिका ने पहले की ही तरह मोबाइल पर नज़र गड़ाए हुए नायक से 'थोड़ा-सा राइट' कहा!

लगभग तीन-चार मिनट बीते। नायिका गेम जीतकर उसका जश्न भी मना चुकी थी, लेकिन नायक ने खुजाना जारी रखा था। नायिका अब नायक से मुखातिब हुई—"बाबू...अभी आप जहाँ खुजा रहे हो ना वहाँ तो खुजली हो भी नहीं रही थी। बहुत नीचे घुटने के पास हो रही थी!" नायक का चेहरा शर्म से खटमल के रंग जैसा हो गया। उसने तुरन्त अपने हाथ रोक दिये!

उधर सामनेवाली सीट पर बच्चा गोद में लिए एक भाई साहब बग़ल में फ़ोन पर कुछ देख रही बीवी को हड़का रहे हैं कि वो थोड़ी देर भी बच्चे को नहीं सँभाल रही है, बस दिन-भर मोबाइल!

48

दशरथपुरी मेट्रो स्टेशन के बाहर बैटरी रिक्शावाले खड़े रहते हैं, ये लगभग हर मेट्रो स्टेशन के बाहर का दृश्य होता ही है। इन रिक्शेवालों के बीच एक रिक्शेवाली भी रहती है। जब सवारियाँ नहीं होतीं या सवारियों के इन्तज़ार के क्रम में ज़्यादातर रिक्शेवाले उसके रिक्शे के आसपास मँडराते रहते हैं।

वहीं से कुछ दूरी पर द्वारका सेक्टर एक (नसीरपुर) का सरकारी स्कूल और एक पब्लिक स्कूल है। रोज़ दोपहर दो बजे छुट्टी होने के बाद मेट्रो स्टेशन के बाहर सात-आठ लड़कों का एक ग्रुप देर तक गप्पें मारता है, लड़कियों की बातें, क्रिकेट पर चर्चा, वेब सीरीज़ की गालियाँ, इन विषयों पर जब बातें हो रही होतीं हैं तो उस ग्रुप का एक लड़का रह-रहकर रिक्शेवाली की तरफ़ देखता रहता है। हमेशा दुपट्टे से सिर और मुँह ढँककर रखनेवाली वो रिक्शेवाली भी उस लड़के की तरफ़ देखती रहती है। दोनों के बीच कुछ इशारे भी होते रहते हैं। कभी दोनों एक दूसरे को दो उँगलियाँ दिखाते हैं, कभी पाँच और कभी आठ...वहाँ खडे रिक्शेवाले समझते हैं कि लड़का मिनट बताता है कि कितने मिनट में चलेगा।

कुछ देर बाद एक-एक करके सारे बच्चे चले जाते हैं। वो बच्चा सबके चले जाने के बाद भी देर तक वहीं टहलता रहता है। इस दौरान वो रिक्शेवाली सवारियों को एक-दो बार उनके गन्तव्य तक छोड़ भी आती है। लड़का उसकी राह देखता रहता है। रिक्शेवाली के बुलाने पर वह उसके रिक्शे पर आकर बैठ जाता है। और वो उस अकेली सवारी को लेकर चली जाती है। बाक़ी रिक्शेवालों में चर्चा है कि ये उसकी रिजर्व सवारी है, लड़के के माँ-बाप ने इसके रिक्शा को अपने बच्चे के लिए रिज़र्व कर रखा है। सुबह भी ये बच्चा इसी रिक्शे में आता है।

आज रिक्शेवाली नहीं थी। लड़के को ये बात पता थी। अपने ग्रुप के

जाने के बाद वो भी एक रिक्शे में बैठकर गन्तव्य स्थान का नाम बताता है। रिक्शेवाला आश्चर्य से कहता है—"अरे तेरी रिक्शेवाली भी तो वहीं रहती है?" लड़का सहमति में सिर हिलाता है। रिक्शेवाला पूछता है—"कितने रुपये हर महीने देते हो उसको स्कूल लाने-ले जाने के?" लड़का चुप रहता है लेकिन रिक्शेवाला अपने सवाल में अश्लीलता मिलाने का प्रयास करता है तो लड़का ग़ुस्से में बोलता है—"अंकल...वो माँ है मेरी!"

रिक्शेवाला अवाक हो जाता है। लड़का बोलता रहता है—"मेरी माँ रिक्शा चलाती है, पापा को टीबी की बीमारी है, जिस दिन पापा को लेकर हॉस्पिटल जाती है, मैं दूसरे रिक्शे से जाता हूँ घर!"

रिक्शेवाला शर्मिन्दगी के साथ पूछता है—"तुम रोज़ वहाँ खड़े होकर क्या इशारेबाजी करते हो?" लड़के की आँख में बदलियाँ घिरने लगीं—"माँ रोज़ सुबह मुझे स्कूल छोड़ने के बाद तीन सौ रुपये कमाने तक रिक्शा चलाती है। हर सवारी से दस रुपये। जब मैं स्कूल की छुट्टी के बाद आता हूँ तो इशारे से पूछता हूँ कि अभी तीन सौ में कितने रह गए। तो कभी दो सवारियों के बीस, कभी पाँच के पचास कभी सात के सत्तर रुपये कमाने को बचे रहते हैं। जब तक माँ वो पूरे करती है, मैं यहीं घूमता रहता हूँ!"

रिक्शेवाले ने रिक्शा स्टार्ट करते हुए पूछा—"तुम्हारे दोस्तों को ये बात पता है?"

लड़का घबराते हुए बोलता है—"नहीं अंकल...आप भी किसी से मत कहना। इसीलिए तो माँ हमेशा चेहरा ढँक कर रखती है!"

रिक्शा चल पड़ा। रिक्शेवाले ने लड़के से कहा—"तेरी माँ बहुत बहादुर है बेटा। मेरे मन में उसके लिए इज्ज़त बढ़ गई!"

लड़का बोलता है—"अंकल आप माँ से भी कुछ मत कहना। उसने मना कर रखा है किसी को भी बताने से!"

रिक्शेवाला जवाब देता है—"अरे बिलकुल नहीं बेटा। परेशान ना हो!"

बच्चा मास्क ठीक करते हुए बोलता है—"थैंक्यू अंकल!"

रिक्शा चल पड़ा।

49

हुडा सिटी सेंटर मेट्रो स्टेशन के बाहर का दृश्य शानदार है। एकदम हरा-भरा माहौल। ओरिएंटल बैंक ऑफ़ कॉमर्स की मेहरबानी है! बाहर खाने-पीने की दुकानों के सामने ही एक बास्केटबॉल ग्राउंड और उससे लगा हुआ एक छोटा-सा पार्क, जिसमें पत्थर की कुल दस बेंच क़रीब-क़रीब ही रखी हुई हैं और क़रीब-क़रीब सब पर कोई-न-कोई बैठा हुआ है। और हर कोई अपने-अपने मोबाइल में गड़ा हुआ है सिवाय एक चाचा के क्योंकि उनके पास स्मार्टफ़ोन नहीं है इसलिए एक बार घड़ी की तरफ़ और फिर सड़क की तरफ़ देखने का ही उनका परम्परागत तरीका चल रहा है!

समय गुज़रा। एक लड़का आया। उसके पीछे-पीछे साड़ी से ढँकी हुई एक आकृति भी आई। दोनों ने चचा के पाँव छुए। भावविह्वल होकर चचा ने आशीर्वादों की झड़ी लगा दी। लड़का चचा से बात करने लगा। लड़की घूँघट ओढ़े सामने खड़ी रही। बात करते-करते चचा की नज़र उसकी नाभि पर पड़ी और चचा इस नाभिकीय प्रदर्शन पर बमक गए। बोले—'इतना बड़ा घूँघट निकालकर चलने की ज़रूरत क्या है जब आधा बदन दिखाकर ही चलना है!' बहुरिया ने तत्काल नाभि के नीचे बँधी साड़ी में एक गुलाबी रूमाल कसकर उससे नाभिकीय संरचना को ढँककर हाथ से दबा लिया। चचा थोड़े सन्तुष्ट होकर लड़के से मुख़ातिब हुए। उनकी बातों से ये समझ में आया कि लड़का उनका सुपुत्र है और लड़की सुबहू। चचा गाँव से आए हैं। चूँकि लड़के के पास यहाँ किराये का एक ही कमरा है इसलिए चचा वहाँ न जाने को विवश हैं। इसलिए उन्होंने उनसे यहीं मिल लेना ठीक समझा और फिर यहीं कहीं रहनेवाले किसी रिश्तेदार के यहाँ चले जाएँगे!

चचा ने बहू से कहा कि तुम्हारे लिए साड़ी लाया हूँ। देखो ज़रा! बहू ने उनके हाथों से थैला थाम लिया और इस उपक्रम में उसने रूमाल छोड़

दिया और चचा की नज़र तीव्र गति से वहाँ फिर पड़ी। लेकिन चचा इस बार भड़के नहीं बल्कि बेटे को समझाने लगे। बोले—'बेटा इसको समझाया कर थोड़ा पहनने-ओढ़ने का तरीका!'

बेटउवा प्रोग्रेसिव निकला। फायर हो गया। बोला—'पापा...वो तो आपसे मिलने आ रही थी तो ऐसे आई है। नहीं तो यहाँ और कोई आपको दिख रहा है ऐसे साड़ी पहने, घूँघट निकाले हुए?' चचा निरुत्तर होने के बावजूद बोले—'बेटा समझ सकता हूँ। जैसा देश वैसा भेष!' इस बात के ख़त्म होते-होते बहू घूँघट की आड़ से बोली—'ये साड़ी मुझे नहीं पसन्द। बहुत ज़्यादा पीली है। यहाँ मैं ऐसी साड़ी नहीं पहन सकती!'

चचा बोले इस साड़ी को पहनने में क्या प्रॉब्लम है। जवाब आया—'जैसा देश, वैसा भेष!'

चचा ने मौनसमाधि में जाने से पूर्व दोनों के हाथ में पाँच-पाँच सौ के नोट पकड़ाए। दोनों ने परम्परागत प्रारम्भिक ना-नुकुर के बाद पैसे ले लिए। चचा के पाँव छुए। निकल लिए!

पाँव छूते हुए साड़ी में कसा हुआ रूमाल निकलकर गिर गया। बहू का ध्यान उस ओर गया नहीं और चचा चाहकर भी नहीं बता पाए। बस उन दोनों के जाने के बाद गिरे हुए रूमाल को देर तक देखते रहे और फिर उठकर चल दिए!

50

शकूरपुर मेट्रो स्टेशन के बाहर फुटओवर ब्रिज है। सामने मोहल्ले में कहीं निर्माण कार्य चल रहा है। वहाँ काम करनेवाले मज़दूरों के बच्चे इस फुटओवर ब्रिज पर खेलते रहते हैं। इन बच्चों की माएँ बीच-बीच में आकर बच्चों को देखकर, कुछ हिदायतें देकर काम पर वापस चली जाती हैं। ये बच्चे ब्रिज के ऊपर अनोखे खेल खेलते रहते हैं।

वहीं कुछ दूरी पर एक श्मशानघाट है। वहाँ से उठता धुआँ हवा में घुलता जा रहा है। बच्चों के खेल में यह उठता धुआँ व्यवधान की तरह है। सारे खेलना छोड़कर वो धुआँ देखने लग जाते हैं। सामने मेट्रो ब्रिज से एक मेट्रो गुज़र रही है तो एक बच्चा बोलता है—"मेट्रो से ऊपर है धुआँ!" दूसरा कहता है—"धुआँ से ऊपर है चिड़िया!" तीसरा पूछता है—"चिड़िया के ऊपर क्या है?" सारे मिलकर सोचने लगते हैं कि चिड़िया के ऊपर क्या है?

इनका सोच विचार चल ही रहा था कि दो औरतें वहाँ आती हैं; जो इनकी माएँ हैं। थकान से निढाल होकर बैठ जाती हैं। सिर पर ढोये गए ईंटों का रंग पसीने के साथ पूरे चेहरे को लाल कर चुका है। बच्चे अपनी-अपनी माँओं के पास आ जाते हैं। एक माँ की नज़र तो सामने से चले आ रहे जोड़े पर है, जो ब्रिज के ऊपर से सेल्फी ले रहा है। दूसरी माँ की नज़र दूसरी तरफ़ से आ रहे लड़के-लड़कियों के समूह पर है जो रिंग रोड के ऊपर बने इस फुटओवर ब्रिज पर एक-दूसरे को अचानक गुलाल लगाने लगते हैं। एक कन्या कहती है—"अरे यार होली तो मंडे को है ना?" एक लड़का उसके चेहरे पर गुलाल लगाते हुए कहता है—"हाँ तो अब ट्यूशन की छुट्टी है ना मंडे तक, अब हम सारे तो होली के बाद ही मिलेंगें!"

छोटे-छोटे बच्चे अपनी-अपनी माँओं की गोद से उठकर थोड़ा नज़दीक जाकर उस समूह को देखते हैं। सारे एक-दूसरे को गुलाल लगाकर "हैप्पी

होली" बोल रहे हैं। बच्चे ताली बजाने लगते हैं। धीरे-धीरे चलता हुआ यह समूह उस पार उतर जाता है। बच्चे वापस दूसरी तरफ़ देखते हैं। एक बोलता है—"अरे धुआँ कहाँ चला गया?" दूसरा बोलता है—"अब मेट्रो ऊपर है!" तीसरा कहता है—"सारी चिड़िया नीचे उतर रही हैं!"

सारे बच्चे फिर उस समूह की नकल करने लगते हैं। गुलाल नहीं तो ब्रिज पर ही हथेली रगड़-रगड़कर एक-दूसरे के गालों पर लगाने लगते हैं। दोनों माएँ हँसने लगती हैं। अचानक एक बच्चा भागकर अपनी माँ के पास आता है। उसके माथे पर लगे ईंटों के रंग को अपनी उँगलियों से फैलाते हुए कहता है—"पी होली...पी होली!" फिर तो सारे बच्चे उसकी नकल करने लगते हैं।

ढलती शाम चिड़िया अपने घोसले में वापस आ रही हैं। इस फुटओवर ब्रिज पर ज़िन्दगी अपना उत्सव मना रही है।

51

पूरा परिवार ही है मेट्रो में। बातचीत से ज़ाहिर है कि दिल्ली में ही रहनेवाले किसी रिश्तेदार के यहाँ से वापसी हो रही है। पुरुष कटाक्ष के मूड में कटकटा रहा है—"हम बोले थे कि ऊ साला सब ये लायक नहीं है कि मिठाई ले के चलें, लेकिन तू सुनती कहाँ है मेरी बात। अब देखो 20-20 का नोट पकड़ा दिया है बच्चों को। चिरकुट ही रहेंगें सब!"

स्त्री गोद में बैठे छोटके बेटे का स्वेटर ठीक करते हुए कहती है—"देखो... तुम अपने पद पर रहो। उनको अपना करने दो। ऊपर वाला सब देखता है!" माँ की इतनी बात सुनकर बग़ल में बैठा बड़का ऊपर देखता है और फिर दाँत चियार देता है।

पुरुष की पुरुषता जारी है—"आने जाने में सात-आठ सौ का ख़र्चा हो गया मेरा!"

स्त्री की विनम्रता जारी थी—" गए भी तो कितने दिनों के बाद थे!"

पुरुष तिलमिलाता है—"हाँ तो अब जाऊँगा भी नहीं!"

स्त्री मोबाइल में फ़ोटो देखने लगती है। चिढ़ते रहने के बावजूद पुरुष भी झाँक रहा है, बच्चे तो मोबाइल के लिए चींटी हैं ही। हर फ़ोटो के साथ स्त्री बताती जा रही है कि ये कब खींची, ये देखो उनका किचन कितना अच्छा है, ये देखो उन्होंने दीवार पर क्या बनवाया है इत्यादि। किसी फ़ोटो के आने पर पुरुष भड़कता है—"तुम बुढ़ऊ के सामने झोंटा खोले बैठी हो, सरम-लाज है कि नहीं?"

स्त्री ने मोबाइल बड़के को दिया और तिनप्रता में थोड़ी-सी आँच घोलते हुए कहा—"ऐसा है...चिड़चिड़ाओ मत...कोई मेरे रिश्तेदार के यहाँ नहीं गए थे। अपनी बहन के घर गए थे। मेरा झोंटा दिख रहा है तो अपनी बहन को भी तो देखो। ससुर के सागने कौन सा परदा किया है उसने। अरे आज

के ज़माना में घूँघट कौन करता है। मास्क लगा रखा है यही बहुत है। और बहुत ख़र्चा जोड़ रहे हो तो मेरे लिए कोई झुलनी-झब्बा नहीं गढ़वा दिये हो जो मुझे सुना रहे हो। वो सब इतने ही चिरकुट हैं तो काहे बियाह किये अपनी बहन का उस घर में?"

पुरुष की हालत ऐसी हो गई मानो उसका टेलीप्रॉम्पटर हैंग हो गया हो। कई बार थूक निगलने के बाद उसने अपना मोबाइल निकाल लिया। उधर छोटका-बड़का दोनों मोबाइल की खींचातानी में लग गए थे।

52

कश्मीरी गेट मेट्रो स्टेशन के प्लेटफ़ॉर्म पर एक मलकिन का सैंडल छटक गया। भहराने से बच गईं। हालाँकि पीछे चल रहे मलिकार के स्वास्थ्य के लिए यही हितकर था कि ना हँसते लेकिन उनके लिए शुक्रवार शायद अच्छा दिन नहीं होता। मलकिन गरजीं—"हम गिर रहे हैं तो ये खड़े होकर दाँत फाड़ रहे हैं।" मलिकार ने सारी वरदंत की पंगत भित्तर कर ली और गम्भीर हो गए गौतम जितने।

मलकिन वहीं बैठ गईं। कुछ सोचीं, फिर बोलीं—"बैग उतारो अपने पीठ से।"

मलिकार बोले—"बैग में जगह कहाँ है?"

मलकिन ने बैग पकड़कर खींचा तो वे भी बैठ गए। बैग उतारा गया। जैसे-तैसे उसकी जिप खींची गई। बैग ने मुँह खोल दिये। मलिकार ने हाथ के इशारे से बताया—"बिलकुल जगह नहीं है?"

मलकिन ने मुआयना किया। फिर बोलीं—"ये जो तुम अपने भाई के लिये दर्जन भर टीशर्ट ले जा रहे हो, इसको हाथ में पकड़ो!" मलिकार कुछ कहते उसके पहले बैग से टी-शर्ट का एक गुच्छा निकालकर मलकिन ने उनके हाथ पर धर दिया। और जबरन बने रिक्त स्थान में सैंडल ठूँस दिया।

मलकिन के हाथ में एक थैला था। मलिकार ने उसमें टी-शर्ट रखने का विकल्प बताया तो वे बोलीं—"पूरी रसमलाई गिर जाएगी, हाथ में लेकर चलो टी-शर्ट"

बैग की जिप पुन: बन्द की गई। बैग पीठ पर पुन: सवार हुआ। नंगे पाँव मलकिन चलने लगीं। पीछे-पीछे मलिकार सिर झुकाए, एक हाथ में तीन-चार टी-शर्ट लिये और दूसरे हाथ में मोबाइल लिये।

स्वचालित सीढ़ियों के बीच में मलकिन को कुछ याद आया और वो

चिल्ला पड़ीं—"अरे यार वैष्णो माता वाला प्रसाद भी तो बैग में ही रखा है, वहीं मैंने सैंडल!"

इतना बोलकर उन्होंने दोबारा बैग खींचने की कोशिश की। तो मलिकार प्रतिरोध में बोल पड़े—"चुपचाप घर चलो..."

मलकिन ने दाँत पीसकर जवाब दिया—"तुम्हारे इन्हीं पापों की वजह से हमारी कोई औलाद नहीं है अब तक!"

इस आउट ऑफ़ कॉन्टेक्स्ट बात पर मलिकार ने चुपचाप बैग उतारकर मलकिन को दे दिया। मलकिन सैंडल निकालने लगीं। एक चचा बोले—"अब नौ महीने में ख़ुशख़बरी आएगी।"

मलकिन दाँत पीसती रहीं।

53

कश्मीरी गेट मेट्रो स्टेशन पर एक भाई साहब दोनों कंधों पर बैग टाँगे चल रहे हैं। हाँफा निकला जा रहा है उनका...बेल्ट पिछले कई महीनों के अत्याचार से तंग आकर शिथिल पड़ गई है। इसलिए बेचारू को पैंट भी रह-रह कर नियंत्रण रेखा के ऊपर खींचनी पड़ रही है। पीछे-पीछे जीवनसंगिनी चल रही हैं। वे अपना पर्स और दो बच्चों को पकड़े हुए हैं। दोनों बच्चे भयानक आततायी लग रहे हैं। एक तो ऊपर जाती स्वचालित सीढ़ियों से नीचे की ओर उतर रहा है बार-बार...दूसरा कूद रहा है अपनी जगह पर खड़े-खड़े।

ऊपर पहुँचकर भाई साहब ने दोनों बैग उतारकर नीचे रखे। कई सारे रास्तों के भँवरजाल में वे चकरा गए हैं। जीवनसंगिनी भी जैसे-तैसे दोनों बच्चों के साथ उनके पास पहुँच गई हैं। हाँफते हुए उन्होंने पत्नी से पूछा—"इतना सारा सामान क्या भर लिया है बैग में?" जवाब मिला—"बच्चों के कपड़े ज़्यादा हो जाते हैं!" भाई साहब ने बग़ल से जा रहे एक लड़के से पूछा—"फरीदाबाद वाली मेट्रो के लिए किधर जाएँ?"

फिर बैग उठाकर उसकी बताई हुई दिशा में चल पड़े। पीछे से श्रीमती जी ने कहा—"ससुराल चल रहे हैं, कम-से-कम बेल्ट तो नया खरीद के लगा लेते?" भाई साहब के जवाब में निम्न-मध्यवर्ग की पीड़ा झलक गई—"जितना का बेल्ट लेते उतने पैसे में हम सब फरीदाबाद पहुँच जाएँगें!"

पत्नी चुप हो गई। एक बच्चे ने सवाल किया—"पापा, आप किसको रंग लगाओगे मामा के घर पर?"

इस जवाब को जानने में बच्चे की माँ भी उत्सुक हो गईं। चलते-चलते भाई साहब ने कहा—"बेटा...तुम्हारी मौसी की तो एलर्जी की दवाई चल रही है। किसको लगाएँगे रंग यही सोच रहे हैं?" पत्नी जी से रहा नहीं गया—"चुपचाप चलिए। ज़्यादा तरसिए मत और सुनिए, भइया ने कहा है कि कल चिकेन

आप बनाएँगे। आपके हाथ का उन्हें बड़ा पसन्द है!"

भाई साहब क्षण-भर चुप रहे। फिर अपने बेटे से मुखातिब होकर बोले—"यही हमारा त्योहार है बेटा। अभी बैग ढो रहे हैं। वहाँ जाकर चूल्हा फूँकेंगें!"

बच्चों के हाथों पर माता की पकड़ टाइट हो गई।

54

मेट्रो स्टेशन के निकास द्वार पर मामला फँस गया है। एक भरापूरा परिवार बाहर नहीं निकल पा रहा है, वजह बहुत गम्भीर है। स्त्री अपने पति पर आरोप लगा रही है कि जब उनके पैंट में जेब है तो किसलिए है, उन्होंने चारों टोकन ख़ुद क्यों नहीं रखे। पति का कहना है कि ज़रूरी है पर्स और मोबाइल से लेकर हर चीज़ "वहाँ" रखना...पत्नी कह रही है—"तब फिर कहाँ रखूँ, साड़ी में जेब तो होती नहीं!"

कुटुम्ब कलह होने लगा है। पति ने मास्क हटाकर अँगूठा पी रहे छोटके को एक वजनी तमाचा मारा, बालक फर्श पर पके आम की तरह चू पड़ा। बड़के ने यह देखा तो पहले से ही ठीक लगे अपने मास्क को और ठीक कर लिया। आने-जानेवाले लोग मामला समझने के लिए रुक गए हैं।

पत्नी कहे जा रही है—"एक बैंगनी कलर वाला पर्स दिलाए थे सालगिरह पर वो भी तुम्हारी बहन लेकर चली गई, बोली भउजी हमारे पर्स का चैन फेल हो गया। बहाना तो देखो, हुन्ह्ह!"

पतिदेव दाँत पीसकर मैदा किये दे रहे हैं—"ये बात यहाँ उभारने की क्या ज़रूरत है?"

पत्नी ने मैदे को गूँथ दिया—"तुम्हीं तो ताना दे रहे हो कि हर चीज़ एक ही जगह रखती हूँ मैं...बताओ कहाँ रखूँ!"

एक मेट्रोकर्मी मौके पर पहुँचकर समस्या सुनता है, समाधान यह बताता है कि मेट्रो का मैक्सिमम किराया देकर वे लोग जा सकते हैं। परिवार स्तब्ध रह जाता है।

पति का मैदा और महीन होता है—"फिज़ूलख़र्ची कराओ, जिसको कमाना पड़ता है वो जानता है ना...?"

पत्नी ने मैदे को और रगड़ा—"तुम्हारे मामा करवा तो रहे थे तुम्हारी

शादी मस्टराइन से...उसने तुम्हारी शकल देखके ही मना कर दिया तो इसमें मेरी गलती थोड़ी ना है!"

तमाचा खाकर चिंघाड़ रहे छोटके ने जब अपने जनक का भूतकालीन रिजेक्शन सुना तो जैसे उसके कलेजे को ठंडक मिली। आसपास के लोगों में से एक ने मास्क के भीतर से ही आश्चर्य जताया—"मल्लब चारों टोकन गिर गए...एक भी ना अटका!"

शेरनी ने उसे घूरते हुए जवाब दिया—"तेरी बहन के अटक जाता है ना सब!" अब तो झगड़े की नौबत आ गई। मेट्रोकर्मियों ने सबको हटाया। पतिदेव पाँच सौ का नोट लेकर कस्टमर केयर के काउंटर की तरफ़ गए। पत्नी ने बच्चों का हाथ पकड़ा।

बड़के ने मौका देखकर माता से पूछा—"पापा मोमोज तो खिलाएँगें ना मम्मी?"

मम्मी की जगह छोटके ने जवाब दिया—"किसी और दिन खा लेंगें भाई...मेरा तो पेट भर गया!"

बड़का धीरे से हँस दिया।

55

कश्मीरी गेट स्टेशन से एक परिवार मेट्रो में दाखिल हुआ। नेतृत्वकर्ता के हाथ में एक बैग है जो उसने पीठ पर हाथ के सहारे टाँग रखा है। साथ में दो बच्चे हैं और एक महिला...महिला ने लगभग घूँघट निकाल रखा है। मेट्रो में आते ही सीट न मिलने पर पूरा परिवार मेट्रो के फर्श पर पसर गया है। मुखिया ने बैठते ही सबसे पहले गले में लटक रहे गमछे से पसीना पोंछा और आश्चर्यजनक रूप से घरवाली का घूँघट सरका दिया—'यहाँ कौन तेरा जेठ-ससुर लगता है...पगली!'

इसके बाद उन्होंने अपना सारा तकनीकी ज्ञान उड़ेलते हुए अपने पूरे कुटुम्ब को समझाना शुरू किया कि मेट्रो गाड़ी ज़मीन के नीचे चल रही है...सुरंग में! कुछ देर तक तो बच्चों और मोहतरमा के चेहरों पर विस्मय नाचता रहा लेकिन धीरे-धीरे उन्होंने यह मान लिया कि सब ज़मीन के नीचे है! भाई साहब उन सबको ज्ञान देकर निश्चिन्त हुए और आसपास खड़े-बैठे हम सवारियों के चेहरे का जायज़ा इस भाव से लिया कि देखा! एक ग्रामीण व्यक्ति ने दिल्ली के बीचोबीच मेट्रो में चढ़कर किस तरह से अपनी अनपढ़ पत्नी के समक्ष मेट्रो से सम्बन्धित सारी जानकारी को परत दर परत उधेड़ कर रख दिया है।

ख़ैर, अभी इन प्रक्रियाओं को पूरा करने के बाद वे थोड़े रिलैक्स हुए ही थे कि मेट्रो जीटीबीनगर से आगे बढ़ती हुई मॉडल टाउन स्टेशन पहुँच आई जो कि सुरंग में नहीं है! अब वे बेचारे अपने बीवी-बच्चों को यह नहीं समझा पा रहे हैं कि सुरंग में इतने बड़े-बड़े घर, सड़कें, मोटर गाड़ियाँ कैसे दिख रही हैं। अब बेचारे लड़खड़ा रहे हैं, शरमा रहे हैं और कुछ समझ नहीं पा रहे हैं! मोहतरमा ने फाइनल क्वेश्चन के भाव में एक बात पूछी जिस पर कोई भी निरुत्तर हो जाए—'चलो सब मान लिया कि ई सब सुरंग के अन्दर है...ई गाड़ी...घर...सड़क...दुकान...सब...लेकिन ई बताओ सुरंग में धूप कइसे हुआ?' जवाब में भाई साहब बस दाँत चियार रहे हैं।

56

मेट्रो के दरवाज़े देर तक खुलकर शायद इसी परिवार की प्रतीक्षा कर रहे थे क्योंकि इस परिवार के प्रवेश करते ही दरवाज़े बन्द भी हो गए। हालाँकि दोनों हाथों में बैग लिये बुज़ुर्ग ने प्लेटफ़ॉर्म के बाहर से ही तीन बार पूछा था—'हुड्डा हुड्डा हुड्डा...?' और दरवाज़े के पास ही खड़े लड़के ने प्रश्न का विस्तार स्वर की लयात्मकता से ही कर लिया—'हुडा सिटी सेंटर जाएगी?', विस्तार समझते ही लड़के ने हाँ में सिर हिलाया था।

सीट पर बुज़ुर्ग, फिर उनका पोता और फिर शॉल को ही घूँघट बनाई उनकी बहू बैठ गए। सामने से ही गुज़र रहे एक युवा ने बुज़ुर्ग का मास्क इशारे से ऊपर कराया। बच्चा अपने बाबा की गोद में बैठ गया और इधर-उधर चकर-मकर देखने लगा। बुज़ुर्ग ने पास में बैठे एक व्यक्ति से पूछा—'हुड्डा केतना देर में पहुँचेगी?' जवाब मिला—'एक घंटा लग जाएगा!' घूँघट के अन्दर हलचल हुई। हाथ सीने के आसपास गया और कहीं से एक मोबाइल निकल आया। तीन-चार बार जल्दी-जल्दी मोबाइल कान के पास ले जाया गया और घूँघट के अन्दर से आवाज़ आई—'च्च्च'...आवाज़ की दिशा में बुज़ुर्ग ने ध्यान दिया और फिर पोते के साथ खेलने लगे।

घूँघट परेशान रहा। कुछ देर बाद जब कान के पास मोबाइल गया तो कान प़र ही रुका, घूँघट के अन्दर से आवाज़ आई—'आ रहे हैं हम लोग आपके कमरा पर...मेट्रो पकड़ लिये हैं...हाँ...हैलो...हैलो...!' और फिर 'च्चच'।

इसके बाद मोबाइल बार-बार कान के पास जाता रहा। बुज़ुर्ग ने पोते से कहा—'बेटा...अपने मम्मी को बोलो कि मेट्रोगाड़ी में टावर नहीं धरेगा... परेशान ना हो...पापा के कमरा पर पहुँच जाएँगें कुछ देर में!'

हाथ रुक गए। कुछ देर बाद हाथ दोबारा सीने के पास गए। मोबाइल रखा जा चुका था! पाँच मिनट बाद मोबाइल बजा। हाथों ने फुर्ती से मोबाइल

उपस्थित किया। घूँघट के अन्दर से जो स्वर निकल रहा था उसमें उत्साह था, जल्दी थी, ख़ुशी थी, ठंडक थी, गर्मजोशी थी, बारिश थी, हरियाली थी, मौसम था, जादू था।

बुज़ुर्ग अब पोते से लगातार बातें करने लगे। क्योंकि वहाँ प्रश्न थे, कौतूहल थे, जिज्ञासा थी!

57

ऐसी पढ़ाई-लिखाई किस काम की जो बीवी को इतना परदा कराना पड़े। लेकिन वो एक अच्छा पुत्र भी तो है इसलिए ऐसा कोई भी काम करने की सोच तक नहीं सकता जिससे माँ-बाप के मन को दुख पहुँचे। बड़ी असमंजस की स्थिति है!

दुल्हन ख़ुश है कि आज दिल्ली के इस ख़ुशगवार मौसम में इंडिया गेट घूमने जाना है उनके साथ...चूँकि सास-ससुर भी जाएँगें तो साड़ी पहनकर ही जाना होगा। लेकिन 'उनका' मुँह इसी बात से सूजा हुआ है कि ये क्या बात हुई। बारिश के मौसम में साड़ी पहननी ज़रूरी है?

लेकिन जैसे ही माता जी के संस्कार में डूबे आप्त वचन याद आ रहे हैं तो वे मज़बूर भी हैं कि कहीं ऐसा न हो कि उनकी ज़िद के कारण बीवी अपने सास-ससुर के सामने जींस-टॉप पहनकर चले और परिणामस्वरूप भारतीय संस्कृति भहराकर गिर जाए और सारा दोष उसके सर पर आ जाए। लिहाज़ा उसने भी अपनी विवश सहमति दे दी!

पूरा कुटुम्ब मेट्रो स्टेशन की तरफ़ चला। रास्ते में उसने दुल्हन से कहा कि मेट्रो में भीड़ ज़्यादा होगी तो तुम मम्मी के साथ लेडीज कोच में चलना। मैं और पापा बग़ल वाले कोच में रहेंगें! दुल्हन ने छेड़ा—'बस...यही है तुम्हारा सातों जनम मैं तेरे साथ रहूँगा यार वाला प्यार!' उसने दाँत पीसकर किन्तु प्यार से कहा—'यार समझा करो ना!'

दुल्हन ख़ुशी-ख़ुशी मेट्रो के लेडीज कोच में सासू माँ के साथ और नौशे बाबू दुखी-दुखी पापा के साथ बग़ल वाले कोच में चढ़े। मन-ही-मन वो ख़ुश थी और यह महसूस भी कर रही थी कि किस तरह आज लोग उसे देख रहे हैं। मानो वो कोई ऐसी आकृति हो जो किसी अन्य ग्रह से आई हो। बग़ल में खड़ी सासू माँ भी उसकी साड़ी खींच-खींच कर यथास्थान पर पहुँचा रही हैं!

सामने कॉलेज गोइंग बालिकाओं का एक झुंड खड़ा है और उनकी नज़र में दुल्हन एक 'पुअर गर्ल' है!

लेडीज कोच से जुड़े दूसरे कोच के संधि स्थल पर नौशे बाबू पिताजी के साथ खड़े हैं। दोनों की निगाहें अपनी-अपनी बहुरिया पर ही टिकी हुई हैं लेकिन लेडीज कोच की बाक़ी सवारियों को ये थोड़ी न पता है कि ये दोनों उन दोनों को देख रहे हैं। उन्हें लगा कि ये दोनों हम सबको घूर रहे हैं। लिहाज़ा उन सबकी निगाह में ये पिता-पुत्र 'अजीब हैं यार ये लोग... बस घूरे जा रहे हैं'।

नौशे बाबू को आज महिला सशक्तीकरण पर पढ़े-लिखे गए हज़ारों लेख अपनी आँखों के सामने छटपटाते नज़र आ रहे थे। अन्दर के महात्मा वैलेंटाइन उसकी तरफ़ देख तो रहे हैं मगर इस संकोच के साथ कि मम्मी भी क्या सोचेंगीं; वो नौशे बाबू की तरफ़ देखना तो चाह रही है लेकिन सोच रही है कि उनके साथ खड़े ससुर जी क्या सोचेंगें जो खुद मम्मी जी की तलाश में इधर ही देखे जा रहे हैं!

केन्द्रीय सचिवालय मेट्रो स्टेशन परिवार उतरा...सीढ़ियों से उतरने के दौरान नौशे बाबू ने दुल्हन से कहा—'तुम मेरी तरफ़ देख काहे नहीं रही थी?' दुल्हन ने जवाब दिया—'किसने कहा था कि तुम मम्मी के साथ लेडीज कोच में जाओ?'

इंडिया गेट के पास मम्मी-पापा एक तरफ़ और ये जोड़ा दूसरी तरफ़ एक साथ घूम रहा है।

नायक की नज़र हृदयाकार की लाल तकिया पर पड़ती है जिस पर दिल को चीरता हुआ तीर बना हुआ है और बड़ा-सा 'आई लव यू' लिखा है। नायक तकिया हाथ में लेकर देखता है कि पीछे से माता जी आकर टोकती हैं—'हे राम...इतना छोटा तकिया पर कपार कइसे आएगा?' नायक तुरन्त तकिया रख देता है!

एक और मौका मिलते ही नायक ने नायिका का हाथ पकड़कर आँखों में देखते हुए कहा—'सुनो...मैं तुम्हारे साथ बूढ़ा होना चाहता हूँ!'

नायिका ने शरारत भरे स्वर में कहा—'तो फिर वापसी में मेट्रो के लेडीज कोच में तो नहीं भेजोगे ना?'

नायक ने कहा—'बिलकुल नहीं!'

अब पूरा परिवार इंडिया गेट के सामने फ़ोटो खिंचवा रहा है।

58

मेट्रो के प्लेटफ़ॉर्म पर बैठे बुज़ुर्ग दम्पती में से अंकल ने उठकर एक बार उस ओर झाँका जिधर से मेट्रो आनेवाली है और वापस आए। वापस आए तो बेंच पर बैठी आंटी की आँखों में चहलकदमी कर रहे सवाल को पढ़कर उन्होंने जवाब दिया—'बस आने ही वाली है मेट्रो!'

मेट्रो आकर रुकी, दरवाज़े खुले तो अंकल जी मेट्रो के अन्दर पहुँच गए लेकिन आंटी स्वयं को सँभालकर उठ ही रही थीं कि मेट्रो के दरवाज़े बन्द होने की प्रक्रिया में आ गए। मेट्रो के अन्दर खड़े अंकल के चेहरे पर हैरानी-परेशानी का जो भाव उगा वो आंटी के चेहरे पर जाकर उद्दीप्त हो गया। आंटी यथासम्भव फुर्ती दिखा रही थीं जो पर्याप्त नहीं थी लेकिन तभी अज्ञात दिशा से एक युवा दौड़ता हुआ आया और दोनों दरवाज़ों के मिलन में अपनी टाँग अड़ा दी। दरवाज़े वापस खुल गए। नायक ने अभी सीढ़ियों से उतर रही नायिका को इशारा करके कहा—'जल्दी कर पगली'...।

नायिका से पहले आंटी जी अन्दर आईं तो अंकल जी ने उनका हाथ पकड़ लिया और बोले—'सॉरी...मैंने ध्यान नहीं दिया। मुझे लगा आप आ जाएँगी। मुझे अन्दाज़ा नहीं था कि दरवाज़े इतने जल्दी बन्द हो जाएँगे। सॉरी!' आंटी मुस्कराते हुए बोलीं—'कोई बात नहीं जी!' अब तक नायिका का भी प्रवेश हो चुका था। दरवाज़े बन्द हो चुके थे। मेट्रो रेंगने लगी थी!

अंकल और आंटी बुज़ुर्गों के लिए निर्धारित सीट पर बैठ गए। बैठने के बाद उन्होंने सामने खड़े युगल को धन्यवाद दिया। लड़के की प्रशंसा की, तो नायिका ने मुस्कराते हुए कहा—'अंकल...इस तरह गेट बन्द होने को डिस्टर्ब करना ग़लत बात है। बार-बार अनाउंस करते हैं मेट्रो वाले!'

आंटी ने अंकल से पहले जवाब दिया—'बेटा...जब तुम मेरी उम्र में पहुँचोगी ना तब महसूस करोगी कि हाथ छूटना क्या होता है। गेट को बन्द

होने से रोकना हो सकता है ग़लत बात हो...लेकिन दो बुज़ुर्गों की मदद तो हो गई ना इससे!'

अब नायक ने कहा—'अंकल...आंटी...फ्रैंकली स्पीकिंग...मैंने तो आप लोगों को देखा ही नहीं था। वो तो मैंने काजल के लिए गेट रोका था क्योंकि हमें जल्दी पहुँचना है कहीं!'

अंकल ने कहा—'बेटा...कहीं भी पहुँचने की कितनी भी जल्दी हो लेकिन कभी एक-दूसरे का हाथ मत छोड़ना, क्योंकि पल भर के लिए हम दोनों ने जो महसूस किया, ईश्वर ना करे कि तुम दोनों कभी वैसा महसूस करो!'

नायिका ने कहा—'थैंक्यू अंकल...क्या हम लोग आप दोनों के साथ एक सेल्फी ले सकते हैं?'

अब नायक ने चुहल की—'लेकिन मेट्रो में फ़ोटोग्राफी भी तो मना है ना...ग़लत बात है!'

अंकल ने जवाब दिया—'बेटा...इतनी भी ग़लत बात नहीं है। ले लो सेल्फी!'

सेल्फी लेने के कुछ ही देर बाद कश्मीरी गेट स्टेशन आया। नायक और नायिका उतर गए और दरवाज़े बन्द होकर मेट्रो के चलने तक इस वृद्ध दम्पती को हाथ हिलाकर टा-टा करते रहे और ये दोनों अन्दर बैठे मुस्कराते रहे!

59

अंकल ने पिंक शर्ट और ब्लू टाई पहन रखी है और हाथ में एक ब्रीफकेस ले रखा है। पिंक साड़ी पहने आंटी उनके कदम से कदम मिलाते हुए मेट्रो में प्रवेश करती हैं। बैठने के कुछ देर बाद अंकल ने कहा—"तुम्हारे कंगन अच्छे लग रहे हैं!" आंटी ने "थैंक्यू" कहा और साथ ही शिकायत भी की, लेकिन लहजा ऐसा था जैसे बारिश के साथ रेशमी हवा का कोई झोंका—"आप ही लाए थे ये कंगन मेरी सालगिरह पर, तब से कितनी बार पहन चुकी हूँ, आपने आज ध्यान दिया?"

अंकल ने ब्रीफकेस को गोद में रखते हुए कहा—"मैं नाराज़ था तुमसे!" आंटी ने आँखों में प्रश्नचिन्ह लेकर अंकल की तरफ़ देखा, अंकल ने तसल्ली दिलाते स्वर में कहा—"डोंट वरी, वो अलग तरह की नाराज़गी है!" आंटी ने पूछा—" फिर भी, पता तो चले कि जनाब क्यूँ नाराज़ हैं। सात महीने से नाराज़गी दिल में लिये हैं आप, आज बता दीजिए। मेट्रो में ही सही!" अंकल ने पल-भर चुप रहने के बाद जवाब दिया—"मैंने सारे फ्रेंड्स को बोला था कि तुम केक काटने के बाद मेरा फेवरेट सान्ग सुनाओगी, होंठों से छू लो तुम मेरा गीत अमर कर दो, लेकिन केक काटने के बाद तो तुम किचन में चली गई, बहू की हेल्प के लिए!"

आंटी ने कहा—"तो बुला लेते ना आप...इशारा ही कर देते!" अंकल चुप रहे।

आंटी ने कहा—"अच्छा ठीक है, कल शाम की चाय पर बुला लीजिए अपने दोस्तों को, कल सुना दूँगी मैं ग़ज़ल!" अंकल ने तुरन्त कहा—"लेकिन कंगन तो आज पहने हैं तुमने!" आंटी बोलीं—"अरे बाबा कल फिर पहन लूँगी!"

अंकल ख़ुश हो गए। आंटी ने फिर कहा—"मेरी एक शर्त है!" अंकल ने मास्क ठीक करते हुए पूछा—"वो क्या?"

आंटी ने कहा—"चाय आप बनाओगे कल सबके लिए!" अंकल बोले—"बहू बनाने ही नहीं देगी मुझे!" आंटी ने तुरन्त मोबाइल पर बहू का नम्बर मिलाकर नसीहत दे दी—"बेटा...कल तुम्हारे पापा के कुछ दोस्त आएँगें शाम को चाय पर...हाँ अरे हम घर ही आ रहे हैं लेकिन सुन तो लो, चाय तुम्हारे पापा बनाएँगे...हाँ...तुम मेरे पास बैठना...ओके बेटा!"

अंकल ने आंटी के दाहिने हाथ के कंगन को घुमाना शुरू कर दिया, आंटी धीरे-धीरे गुनगुनाने लगीं—"तुम हार के दिल अपना मेरी जीत अमर कर दो!" अंकल ने पूछा—"आज से ही...?" आंटी ने कहा—"प्रैक्टिस तो कर लूँ!" अंकल ने कहा—"मतलब आज की चाय भी मुझे बनाने चाहिए!"

हँसी बरसने लगी।

60

भारतीय रेलवे से उतरकर दिल्ली मेट्रो में सवार हुआ हूँ। सैकड़ों लोग ऐसे हैं जो उसी ट्रेन से उतरकर मेट्रो स्टेशन की तरफ़ आए। उन्हीं में से एक नवविवाहित जोड़ा भी है, जो लगभग मेरे साथ ही मेट्रो में सवार हुआ है। दुलहिन पहली बार दिल्ली आई है और मेट्रो उसे चकाचौंध कर रही है।

पति ने बैठने का इशारा किया तो वो बोली—"हम बइठ सकत हैं?"

पति ने कहा—"बिलकुल...काहे नहीं...बइठो ना?"

दुलहिन ने अपनी समस्या बताई—"माई समझाई थी कि बड़ी जात वालन के बराबरी में नाहीं बैठना!"

पति ने हँसते हुए कहा—"भक्क...ई गाँव थोड़ी ना है...दिल्ली है ये!"

अब दोनों एक-दूसरे का हाथ पकड़े बैठ गए हैं। दुलहिन आश्चर्य के साथ सब कुछ देख रही हैं। ठीक बग़ल में बैठा एक भाई किसी को फ़ोन पर "हैप्पी रिपब्लिक डे" बोल रहा है।

61

शालीमार बाग मेट्रो स्टेशन के गेट नम्बर 2 से निकलते ही बाईं तरफ़ एक पार्क है। यूँ तो सुबह-शाम इस पार्क में ज़्यादातर सेहत की फिक्र करनेवाले लोग आते हैं लेकिन दोपहर के समय यहाँ सामनेवाले ब्लॉक में चल रहे निर्माण कार्य को करनेवाले मज़दूर परिवार सुस्ताने आते हैं। पार्क की दीवार के साथ-साथ कई सारी कारें खड़ी रहती हैं।

ऐसा ही एक मज़दूर परिवार आज पार्क में दोपहर के भोजन के बाद विश्राम कर रहा था। पति-पत्नी घर की परेशानियों पर चर्चा कर रहे थे, पति बहन के गौने के ख़र्चे को जोड़ रहा था, पत्नी पास ही खेल रहे बच्चे की पढ़ाई शुरू कराने की बात कर रही थी और बच्चा...बच्चा खेलते-खेलते बाहर खड़ी कारों के पीछे छुप-छुपकर अपने माता-पिता को आवाज़ें दे रहा था। पति ने पूछा—"बबुआ कहाँ से बोल रहा है रे?" पत्नी ने हँसते हुए कहा—"अरे वही लाल वाला गाड़ी के पीछे जा-जा के छुपता है। वहीं से बोलाता रहता है?" पिता के चेहरे पर अभाव की एक रेखा तेज़ कदमों से गुज़र जाती है क्योंकि होंठों पर बबुआ की पुकार आ जाती है और वो "बबुआ-बबुआ" कहता हुआ उठ खड़ा होता है।

कार के पीछे से झाँक रहा बबुआ छिपने लगता है। पिता जान-बूझकर विपरीत दिशा में बढ़ते हुए बबुआ को आवाज़ देता है ताकि बबुआ का ये भरम बना रहे कि उसका पिता उसे नहीं खोज पा रहा है। माँ वहीं छाँव में बैठी-बैठी उन दोनों को देखती रहती है और इस दृश्य में जो आकर्षण था उसने भविष्य को सामने से कुछ देर के लिए हटा दिया था। उन तीनों के लिए वर्तमान का ये दृश्य ही जीवन बन गया था। तीनों ख़ुश थे।

अचानक पत्नी के हाथ में जो छोटा-सा मोबाइल था, वो बज उठता है, दृश्य टूट जाता है। पति को पुकारते हुए कहती है—"अम्मा का फ़ोन है

गाँव से...लीजिए!" पति वापस आकर अपनी माँ से बतियाने लगता है। देर से लाल वाली कार के पीछे छुपे बच्चे को उसकी माँ पकड़कर ले आती है। बच्चा घूम-घूमकर कार को देखता रहता है।

उधर पति फ़ोन पर माँ से कह रहा था—"जून में कउनो दिन पंडी जी से पूछ के रख लो...अउर बहनोई के घरवालों से बता दो कि मोटरसाइकिल का आधा पइसा अभी दे देंगे...आधा दीवाली से पहिले...काहे नहीं मानेगा सब...कहाँ से करें अम्मा...दिन-रात तो हम दूनों परानी हड्डी गला रहे हैं यहाँ पर...हाँ...बबुआ ठीक है...दिन-भर टें टें करता रहता है अकेले...किसके साथ खेलेगा...कौन है यहाँ...हाँ तबीयत ठीक है उसका...ठीक है...रखो!"

फ़ोन पर बात कर लेने के बाद पति-पत्नी आपस में फिर उसी भविष्य की चर्चा करने लगते हैं, जिसमें बहन की ससुराल वालों को मोटरसाइकिल देने के लिए पैसा जुटाने की चर्चा हो रही है। दोनों दुखी हैं, उदास हैं, परेशान हैं, तभी बच्चे की आवाज़ फिर आती है। बाप दोबारा "बबुआ-बबुआ" पुकारता उस ओर चल पड़ता है। बच्चा कार के पीछे छुपता है। माँ कहती है—"बबुआ को लाल वाला कार बड़ा पसन्द है!"

और फिर जैसे कुछ याद आ जाता है, बच्चे की तरफ़ बढ़ रहे पति से पूछती है—"केतना का आएगा मोटरसाइकिल?"

पति सुन नहीं पाता है क्योंकि वो अभी अपने बबुआ को खोज रहा था।

62

मेट्रो में हूँ। गुलाबी लाइन की मेट्रो के इस कोच में एक बालक ने चंचलता के सारे रिकॉर्ड तोड़ने का मन बना लिया है, अत: पहले तो उसने माँ के हाथों की तीन-चार नारंगी चूड़ियों को तोड़ के बिखेर दिया। फिर पिता का मास्क खींच कर उसे सुदर्शन चक्र की भाँति नचाने लगा। सामने बैठी एक आंटी ने जब उसे घूरा तो उसने जाकर आंटी का मोबाइल छीन लिया। माता-पिता बैठे-बैठे हँस रहे हैं। आंटी बरस पड़ीं—"तुम लोग अपने बच्चे को तमीज़ नहीं सिखा सकते!" चूँकि आंटी के हिसाब से बच्चे में संस्कार नहीं हैं इसलिए आंटी ने पूरे परिवार के लिए 'बिहारी' सम्बोधन महानगरीय अहंकार वाली टोन में किया भी।

बच्चा चुप है। कुछ ध्वनियाँ उसके मुँह से निकल रही हैं बस...हाँ एक मजबूत मुस्कान लगातार उसके चेहरे पर बनी हुई है। उसके हाथ से मोबाइल लेकर आंटी को वापस करते हुए उसकी माँ ने कहा—"आंटी जी...हम बिहारी हैं तो क्या हुआ। जैसे सब लोग कहीं-न-कहीं के होते हैं, वैसे ही हम लोग बिहार से हैं। हाँ हमारा बच्चा अगर सुन-बोल पाता तो अब तक ज़रूर इसे कुछ ना कुछ हम सिखा चुके होते। अब भी सिखा रहे हैं। सीख जाएगा धीरे-धीरे!"

सब लोग अवाक हैं। पिता ने बच्चे को इशारे से कुछ समझाया। बच्चा उसी मुस्कराहट के साथ दोनों कान पकड़े आंटी के सामने जाकर खड़ा हो गया। आंटी ने सिर झुका लिया।

बच्चा वापस आकर माँ की टूटी चूड़ियों को मेट्रो के फर्श पर जोड़कर ख़ुश होने लगा।

63

छोटी बच्ची को गोद में लिये वो महिला अपने पति पर गरज रही थी—"तुम्हारी हिम्मत कैसे हुई अपने दोस्त से यह कहने की कि बिटिया हो गई यार, बड़ी मुसीबत है!"

पतिदेव मेट्रो प्लेटफ़ॉर्म पर तमाशे से बचने के लिए बार-बार सफाई दे रहे थे—"घर चलकर बात करते हैं, मैं मज़ाक़ कर रहा था!"

पत्नी टस से मस नहीं हो रही थी, आवाज़ की धार बढ़ती जा रही थी—"तुम्हारी माँ...तुम्हारी बहनें...तुम्हारी भाभी...ये सब भी मुसीबत ही होंगीं तुम्हारे लिए या सिर्फ़ मैं और मेरी बिटिया ही मुसीबत हैं। साफ़-साफ़ बता दो आज?"

पति बार-बार देर होने की दुहाई दे रहा था, एक के बाद एक मेट्रो निकलती जा रही थी। महिला प्लेटफ़ॉर्म पर ही बैठ गई। पति दोहराता रहा—"मज़ाक़ कर रहा था मैं!" लेकिन वो सुनने को राज़ी नहीं थी। आसपास खड़े यात्रियों में से भी कुछ ने आपत्ति की—"ऐसे नहीं बोलना चाहिए!" इस पर महिला ने उन्हें भी घुड़क दिया—"ऐसा बोलना तो दूर सोचना भी नहीं चाहिए!"

पति अब अपने सुकर्म गिनाने लगा—"बेटी के पैदा होने पर मैंने मिठाई नहीं बाँटी थी, जगराता नहीं कराया था क्या बताओ?"

पत्नी ने कहा—"कराया था लेकिन आज तुमने ही मुसीबत भी तो कहा... जब मुसीबत ही समझना था तो ना बाँटते मिठाई, ना कराते पूजा-पाठ?"

पति निरुत्तर होकर कुछ दूर जाकर खड़ा हो गया। कुछ देर बाद उसकी आँखों में आँसू आए, वो सिर झुकाए चुपचाप रोता रहा। पत्नी भी बैठी-बैठी रोती रही, बिटिया तो रो ही रही थी। कुछ देर रो लेने के बाद पतिदेव आए, पत्नी के सामने हाथ जोड़कर बोले—"माफ़ी दे दो, फिर कभी ऐसा ना सोचूँगा, ना बोलूँगा!" पत्नी ने बिटिया उनको पकड़ा दी और खड़ी हो गई। कुछ देर बाद

बिटिया के सामने दो उँगलियों को किया, बिटिया ने एक उँगली पकड़ ली। पत्नी ने मुस्कराते हुए कहा—"देखना आगे चलकर डाक्टर बनेगी बिटिया!"

इसके बाद अगली मेट्रो में पूरा परिवार सवार होकर चला गया और कश्मीरी गेट मेट्रो स्टेशन का वह प्लेटफ़ॉर्म उस बुज़ुर्ग की तरह चुप हो गया जो कहानी सुना लेने के बाद आराम की अवस्था में आ जाए।

64

वे देसी ठसक के साथ मेट्रो में बैठी थीं, एक पैर ऊपर रखकर, घुटने पर चेहरे को टिकाए अपने पैरों में लगे महावर को देख रही थीं। बग़ल में बैठा बच्चा चिप्स के पैकेट की सतह कुरेद रहा था।

अचानक से उन्हें जैसे कुछ याद आया। मोबाइल पर किसी को वीडियो कॉल की। उधर से भी कोई महिला बोली—"हैलो...दीदी...क्या हाल है?"

"देख लो...हाल दिखाने के लिए ही फ़ोन किया है तुमको!" बहुत ही आत्मविश्वास के साथ उन्होंने जवाब दिया।

"कहीं बाहर हो क्या?" सवाल आया।

"मेट्रो में हूँ, कमरे पर जा रही हूँ!" जवाब दिया गया।

"कैसे मन लग जाता है अकेले तुम्हारा?"

"अकेले कहाँ हैं...बाबू है ना साथ में!" मुस्कराता हुआ जवाब गया।

"जानती हो दीदी...सुरेन्दर भइया तो अब बिलकुल पहचान में ही नहीं आते। सारा खेत बेच डाले, दारू में सब उड़ा दिये। इस बार बारिश में घर भी गिर गया!" महिला के स्वर में दर्द था।

उन्होंने कहा—"रहने दो। उनकी बात ना करो। उनको अपना भला-बुरा अच्छी तरह से पता है। अच्छा ये बताओ। मैं कैसी दिख रही हूँ?"

महिला ने कहा—"चमक रही हो दीदी...क्या बात है?"

"आज ब्यूटी पार्लर गई थी...पहली बार!"

"अरे वाह...आज कुछ खास है क्या?"

"हाँ...तुम्हारे सुरेन्दर भइया ने एक साल पहले आज ही के दिन मुझे घर से निकाल दिया था। उनको लगा था मैं अपनी और बाबू की जिन्दगी सँभाल नहीं पाऊँगी!"

आसपास के यात्रियों में एक खामोशी पसर गई। वे आत्मविश्वास से लबरेज बात किये ही जा रही थीं। उधर से महिला ने कहा—"दीदी...शहर चली गई तो मरद का नाम लेने लगी?"

उन्होंने हँसते हुए कहा—"हाँ...मेरी जबान गन्दी होती है। तुम्हें क्या?"

फिर मोबाइल नीचे करके सामने खड़ी कन्या से उन्होंने आँखों के ऊपर इशारा करके पूछा—"मैडम...इसे क्या कहते हैं?"

कन्या ने मुस्कराते हुए कहा—"आईब्रोज"

उन्होंने दोबारा स्क्रीन सामने करके कहा—"सुनो...तुम्हारी आई...आई... आईब्रोज बढ़ गई हैं...सेट करवा लो जा के बजार में!"

महिला ने हँसते हुए कहा—"ये दिल्ली नहीं है दीदी!"

उन्होंने मुस्कराते हुए फ़ोन काट दिया।

65

कश्मीरी गेट मेट्रो स्टेशन...येलो लाइन के प्लेटफ़ॉर्म पर समयपुर बादली की तरफ़ से हुडा सिटी सेंटर की तरफ़ जानेवाली दिशा में सबसे पीछे की सीढ़ियों से जब आप ऊपर जाएँगें तो ऊपर लेफ्ट साइड से एक रास्ता वॉयलेट लाइन की तरफ़ जाता है जिस पर राइट साइड पर एक शौचालय बना हुआ है।

शौचालय के बाहर एक लड़का टेबल-कुर्सी लिये बैठा है और शौचालय से निकल रहे लोगों से अन्दर उनके द्वारा किये गए कृत्य के अनुसार पाँच-दस रुपये वसूल रहा है! ठीक उसके बग़ल में एक महिला बैठी हुई हैं और उसे बड़ी वत्सलता से निहारे जा रही हैं!

अपने गले के नीचे हाथ सरकाते हुए महिला ने कुछ देर बाद मोबाइल निकाला और लड़के से कहा—'बेटवा...जरा अपना मउसी के लगावो फून तो!'

लड़के ने फ़ोन लगाकर दिया। महिला ने बात आरम्भ की। उनकी बातचीत से मालूम पड़ा कि वो गाँव से अपने बेटे राजेश के पास आई हैं और आज उसका काम देखने उसके कार्यस्थल पर आई हुई हैं और राजेश के काम को देखकर वे भयंकर रूप से दंग हैं और अपना यही आश्चर्य ज़ाहिर करने के लिए उन्होंने गाँव में अपनी बहन यानी राजेश की मौसी से सम्पर्क साधा है।

वे कह रही थीं—'हाँ तो बहिन...दिल्ली दिल्ली है...अरे रजेस तो अइसन काम करत है इहाँ कि सुन के हँसी छुट जाई तोहार!'

राजेश के काम का विवरण देने के बाद उन्होंने अपनी बहन के समक्ष एक प्रस्ताव रखा—'हम तो कहब बहिनी संतोसवा के भेजा दिल्ली...रजेस कउनो जुगाड़ लगा देई...दिन-भर बइठ के बस गिनती करे के रही कि केतना

जने पिसाब किए...अगर रोज सौ लोग भी करिहैं ना तो पाँच सौ रोज कमाई... घरे बइठ के बस तास खेलत होई...भेजा वोकरा के दिल्ली!'

इस महानगर में चुपचाप इतना बड़ा रोजगार फलीभूत हो रहा है। इस पर हम सन्तोषों की नज़र नहीं गई। आज चाची ने आँखें खोल दीं!

66

मोती बाग मेट्रो स्टेशन से मेट्रो में कुछ लोग सवार हुए। एक महिला के हाथ में दो स्कूल बैग थे और उसके साथ अन्दर चलकर उसकी दो बेटियाँ आईं। बेटियों के हाथों में चिप्स के पैकेट थे। माँ मेट्रो में बैठ गई और दोनों बेटियों ने अपने-अपने चिप्स के पैकेट भी माँ को पकड़ा दिये। अब दोनों बहनों ने खेलना शुरू किया। कूद-कूदकर मेट्रो की छत छूने का प्रयास करने लगीं दोनों।

दोनों बहनों ने एक ही पब्लिक स्कूल का आई कार्ड पहन रखा था। आई कार्ड से स्पष्ट है कि बड़ी वाली का नाम महक गोस्वामी और छोटी वाली का नाम मुस्कान गोस्वामी है। दोनों बहनें बारी-बारी से कूदने लगीं। माँ ने वहीं से बैठे-बैठे धमकाया—"कूदो मत। किसी को लग जाएगी तुम्हारे पाँव से!" दोनों कुछ देर के लिए चुपचाप खड़ी हो गईं और आसपास के लोगों को देखने लगीं।

मुस्कान ने महक से कहा—"वो देख उस वाले गेट के पास फातिमा खड़ी है क्या?" मुस्कान के इशारे की दिशा में देखते ही महक ने बड़े उत्साह से पुकारा—"ओ फातिमा! आजा खेलते हैं!"

उसी स्कूल की यूनीफ़ॉर्म पहने तीसरी बच्ची फातिमा आ जाती है, जैसे टोली पूरी हो गई। फातिमा की अम्मी उसका बैग लिये पीछे-पीछे आईं और महक-मुस्कान की माँ के पास खड़ी हो गईं। उन्होंने भी दोनों बैग नीचे रखकर सीट ख़ाली की और दोनों माएँ अगल-बग़ल बैठकर बातें करने लगीं।

महक-मुस्कान-फातिमा ने जो धमाचौकड़ी मचानी शुरू की कि सबका ध्यान उन पर ही था। फातिमा कह रही थी—"अभी ना मेट्रो में रात हो जाएगी" मेट्रो जब अंडरग्राउंड हुई तो फातिमा ने जोर से कहा—"चलो चलो सब लोग जल्दी से सो जाओ तभी सूरज निकलेगा!" फिर तीनों हँसने लगीं।

इस तरफ़ से उस तरफ़ दौड़तीं ये बेटियाँ बीच-बीच में स्कूल की किसी मैम के कर्ली हेयर के बारे में बातें करने लगीं। तभी महक को चिप्स खाने की इच्छा हुई, उसने अपनी माँ से चिप्स माँगा। माँ ने दोनों पैकेट आगे बढ़ाते हुए कहा—"लो तुम तीनों खा लो"। महक ने एक पैकेट वापस करते हुए कहा—"हम तीनों एक से खाएँगे। एक आप और आंटी मिलकर खाओ!" फातिमा की माँ ने मुस्कराते हुए कहा—"नहीं बेटा...मेरा रोज़ा है!" मुस्कान ने आश्चर्य के साथ पूछा—"वो क्या होता है आंटी?" आंटी ने बताया—"फास्ट होता है।"

मुस्कान की मम्मी ने दूसरा पैकेट बच्चों को देते हुए कहा—"लो तुम लोग खाओ...हमें बातें करने दो!" तीनों बेटियाँ चिप्स खाने लगीं। छोटी मुस्कान के गले में चिप्स शायद अटक गया या जाने क्या हुआ कि वो खाँसने लगी। उसकी मम्मी ने बॉटल चेक की तो पानी खत्म था। महक की बॉटल भी ख़ाली थी। फातिमा ने कहा—"अम्मी मेरी बॉटल में थोड़ा पानी है!" मुस्कान ने तुरन्त फातिमा की बॉटल से पानी पीया और सामान्य हो गई।

अब तीनों आहूजा मैडम के कर्ली हेयर्स पर चर्चा कर रहे हैं और दोनों माएँ आपस में तय कर रही हैं कि राजौरी मेट्रो से सुबह हममें से कोई एक आया करे बच्चों को स्कूल छोड़ने और दूसरा दो बजे लेने आ जाया करे स्कूल! राजौरी स्टेशन आने की उद्घोषणा होने पर मेरे देश की तीनों बेटियाँ एक साथ बोलीं—"हमारा स्टेशन!"

67

जीटीबी नगर मेट्रो स्टेशन के गेट से बाहर निकलते ही लड़कियों के एक समूह में से एक ने चिल्लाते हुए कहा—"अरे यार...आज आसमान कितना ब्यूटीफुल लग रहा है!" सबने सहमति जताई और आसमान की फ़ोटो खिंचाई शुरू हो गई।

ठीक सामने बैठी भुट्टे वाली ने अपनी बेटी को ज़ोर से डाँटा, जो उन लड़कियों की बातें सुनकर आसमान को देख रही थी,—"उप्पर का ताक रही है, जल्दी-जल्दी हाथ चलाकर हवा कर!" माँ के टोकने पर उस दस-बारह साल की बच्ची ने निगाहें आसमान से हटा लीं, आसमान का नीलापन कम हो गया।

लड़कियों के ग्रुप में एक लड़की सबसे अलग-थलग थी। बिलकुल चुपचाप। उसे आसमान से कोई मतलब नहीं था, निगाहें धरती पर थीं। उसकी एक दोस्त ने टोका—"कमॉन नीशू...अब पूरी ज़िन्दगी मुँह लटकाए रखेगी क्या?" नीशू ने कोई जवाब नहीं दिया। नीशू की निगाहें सामने बैठी बच्ची पर थीं जो एक हाथ से पंखा झल रही थी और दूसरे से धुएँ को आँखों में जाने से रोकने का असफल प्रयास कर रही थी। नीशू की दूसरी दोस्तों ने भी दो-एक बार आवाज़ दी कि वो सेल्फी वाले फ्रेम में आ जाए, लेकिन नीशू ने अनसुना कर दिया।

एक भुट्टा तैयार करने के बाद बच्ची ने माँ से कहा—"मेरे ट्यूशन का टाइम हो गया। मैं जाऊँ?"

दूसरे भुट्टे को साफ़ करते हुए माँ ने बहुत आसानी से जवाब दिया—"रहने दे...आज महीने का आख़िरी दिन है, तेरा मास्टर पैसे माँगेगा। दो-चार दिन में पैसे इकट्ठे हो जाएँगे तब चली जाना!"

बच्ची बुझ गई। माँ ने डपटा—"अब इसमें मुँह बनाने की कोई ज़रूरत नहीं है, दो सौ रुपये कम पड़ रहे हैं। दो-तीन दिन रुक जा!"

यह बातें नीशू सुन रही थी। वो उन माँ-बेटी के पास गई और एक भुट्टा देने को कहा। भुट्टा देने के बाद महिला ने कहा—"चालीस रुपये मैडम जी!"

नीशू की एक दोस्त ने बाक़ी ग्रुप को सूचित किया—"वो देख उसे... अब भुट्टा खाने चली है!" दूसरी ने कहा—"कोई बात नहीं, खाने दे। दुपहर से उसका मूड ऑफ़ है उस अर्पण की वजह से...जाने दे कुछ मत बोल!"

नीशू ने दो सौ का नोट निकाला और बच्ची के हाथों में देते हुए कहा—"लो...और ट्यूशन जाओ!"

बच्ची असमंजस में पड़कर माँ की तरफ़ देखने लगी। माँ ने कुछ कहना चाहा तो नीशू ने टोक दिया—"मैंने आपकी बात सुनी है। प्लीज़ आप इसको ट्यूशन जाने दो!" कुछ पल तक नीशू की आँखों में देखते रहने के बाद माँ ने आँचल के एक कोने में बँधे तीन सौ रुपये खोले और बिटिया की हथेली पर रख दिया।

नीशू ने बच्ची से पूछा—"क्या नाम है तुम्हारा?"

बच्ची ने जवाब दिया—"नूर"

नीशू ने बच्ची का हाथ पकड़ते हुए अपनी एक दोस्त से कहा—"ओये राखी...ज़रा मेरी एक फ़ोटो खींच नूर के साथ!"

फ़ोटो खिंचा लेने के बाद नीशू ने नूर से जाने को कहा। जाते-जाते नूर ने एक नज़र आसमान पर डालकर आसमान को उसका नीलापन वापस कर दिया।

68

दीवाली आने को है। पश्चिमी रोहिणी मेट्रो स्टेशन के गेट नम्बर तीन के ठीक सामने मर्यादा पुरुषोत्तम भगवान श्रीराम धनुष पर तीर खींचे आपको खड़े मिलेंगे। इस भव्य मूर्ति को देखते ही श्रद्धावश या भयवश आपके हाथ जुड़ जाएँगे।

मूर्ति के नीचे तीरों के आकार की लाइट्स लगी हुई हैं, ज़ाहिर है इन तीरों का मुख सीधा ऊपर आसमान की तरफ़ है और राम जी ने जो तीर खींचा हुआ है वो भी तिरछा ही सही कभी छूटा तो आसमान में जाएगा। मूर्ति के ठीक सामने पानी के फव्वारे करतब करते रहते हैं। दाहिनी तरफ़ आलीशान मॉल और बाईं तरफ़ धूल लपेटे ट्रैफिक से भरी सड़क है। पीछे की ओर बैटरी रिक्शे वाले और हाथ रिक्शेवाले खड़े रहते हैं।

रामजी के आसपास सेल्फी लेनेवालों की भीड़ रहती है। एक जोड़ा सेल्फी लेने में लगा है और पैसे माँगते एक छोटे बच्चों का जोड़ा उनकी तरफ़ हसरतों से देख रहा है कि ये सेल्फी से ख़ाली हों तो इनके आगे हाथ फैलाया जाए। सेल्फी लेते हुए कन्या नायक से पूछती है—"राम जी तो अपनी गर्लफ्रेंड के लिए इतना बड़ा ब्रिज बनाकर रावण को मारने गए थे, तुम मेरे लिये क्या कर सकते हो?"

इस प्रश्न को सुनकर नायक पहले एक सुधार करता है—"ओ पागल...वो राम की गर्लफ्रेंड नहीं थीं...वाइफ थीं!", नायिका तुरन्त कहती है—"तो क्या मैं कभी तुम्हारी?" नायक बीच में टोकते हुए कहता है—"अरे मेरा वो मतलब नहीं था!" नायिका गम्भीर हो जाती है—"फिर क्या था तुम्हारा मतलब?"

मोबाइल जेब में रखते हुए, नायक ने नायिका के कंधे पर हाथ रखा और कहा—"मैंने तो तुम्हारी इन्फ़ॉर्मेशन करेक्ट की है बाबू। अब सुनो मैं तुम्हारे लिये क्या कर सकता हूँ!"

लड़के को मोबाइल जेब में रखता देख बच्चों ने यह सहज अन्दाज़ा लगाया कि सेल्फी लेने का कार्य ये निपटा चुके हैं, इसलिए इनसे अब पैसा माँगा जा सकता है। उन्हें क्या पता कि नायक एक निहायत ही गम्भीर प्रश्न का जवाब दे रहा है। बच्चे उनके सामने जाकर हाथ फैलाते हैं और पैसे माँगते हैं।

नायिका को जवाब दे रहे नायक ने उन्हें बुरी तरह डाँटा—"भागो यहाँ से...चले आते हैं ये साले पैसे माँगने। पता नहीं इनके माँ-बाप कैसे हैं कि इनको पैदा करके भीख माँगने के लिए छोड़ दिया है यहाँ, हटो यहाँ से!" बच्चे वहाँ से हट जाते हैं।

नायक दोबारा नायिका से मुखातिब होता है—"हाँ तो बाबू मैं ये कह रहा था कि हर हाल में!" अब नायिका उसकी बात काटते हुए कहती है—"उन बच्चों को सॉरी बोलो...जाओ!"

नायक की आँखें फट जाती हैं—"व्हाट?"

नायिका बोलती है—"ख़राब बिहेवियर से तो अच्छी ही है ख़राब इन्फ़ॉर्मेशन...तुमने कितने गन्दे तरीके से उन बच्चों से बात की?"

नायक सन्नाटे में चला जाता है। नायिका दोबारा जोर देकर कहती है—"अथर्व...तुम उन्हें सॉरी बोलोगे या नहीं?"

अथर्व का कहना है—"तुम बात को बढ़ा रही हो...चलो यहाँ से... कॉफी पीने चलते हैं!"

नायिका ने कहा—"मुझे लगता है कि मैं तुम्हारे साथ अपना टाइम बर्बाद कर रही हूँ। मुझे अब फिर से सोचना पड़ेगा तुम्हारे बारे में!"

मिनट भर की चुप्पी के बाद नायक उन बच्चों की तरफ़ जाता है। उन्हें हाथ पकड़कर मूर्ति के सामने लाता है और अपने दोनों कान पकड़कर सॉरी बोलता है। वे बच्चे हँसते हैं। शायद उन्हें सॉरी का मतलब नहीं पता।

एक कहता है—"भइया...ये सब ना करो...पैसे दे दो...भूख लगी है!" इतने में नायिका मॉल के पास वाले स्टॉल से उन बच्चों के लिये सैंडविच लेकर आती है। बच्चे ख़ुश होकर चले जाते हैं।

नायिका ने नायक के कंधे पर सिर टिकाकर कहा—"मैं तुमसे दूर ही नहीं जाऊँगी कभी जो तुम्हें ब्रिज बनाने की ज़रूरत पड़े। बस तुम ऐसे ही रहना!"

नायक मुस्कराते हुए कहता है—"कॉफी पीने चलें?"

दोनों हँसते हुए मॉल के अन्दर चले जाते हैं।

69

बातचीत और हावभाव से ही ज़ाहिर है कि आज नायिका का जन्मदिन है, नायक दो बार कह चुका है—"मनु...कम-से-कम कॉफ़ी तो हम पी ही सकते हैं साथ!" लेकिन मनु का सारा ध्यान उन दोनों बच्चों पर था जिनको साथ लेकर वो मेट्रो में आई थी।

पुराने फटे कपड़े पहने उन दोनों बच्चों (जिनमें से एक बच्ची थी) को आसपास के यात्री देख रहे थे। उन दोनों की आँखों में विस्मय बढ़ता जा रहा था। उन दोनों के चेहरों पर नया मास्क था। सात-आठ साल की उस बच्ची ने नायिका से पूछा—"दीदी...इसके दरवाज़े कौन खोल रहा है?" नायिका समझाती हुई कहती है कि जो इसको चला रहा है वही खोल रहा है। बच्चा भी पूछता है—"दीदी ये बोल कौन रहा है...कहाँ से बोल रहा है?" नायिका का कहना है कि जो चला रहा है उसके पास ये रिकॉर्ड किया हुआ है वही अपना रिकॉर्ड बजा रहा है। इस जवाब को उन दोनों ने कम ही समझा। ऐसा उनकी आँखों से पता चल रहा था।

नायक खीझते हुए इस प्रकिया में भाग ले रहा है। उसकी इस खीझ का अन्दाज़ा मनु को हो जाता है। और वो आँखों ही आँखों में नायक पर प्यार बरसा देती है, फिर बच्चों के सवालों के जवाब देने लग जाती है। उन्हें बताने लग जाती है कि मेट्रो कैसे चलती है, ज़मीन के अन्दर कैसे चली जाती है। बाहर कैसे निकलती है। बीच में किसी की कॉल आने पर जन्मदिन की बधाई भी स्वीकार करती है।

राजीव चौक स्टेशन आने पर वो नायक से मुखातिब होती है—"चलो सीपी में कुछ खाते-पीते हैं!" नायक की आँखों में कई सारे सवाल उभर आते हैं, जिनको समझकर नायिका जवाब दे देती है—"हाँ...ये भी चलेंगे हमारे साथ...सुनो...ऐसा करेंगे, पहले इनको कुछ खिला-पिला देंगे। फिर मैं इनको

मेट्रो से वापस कश्मीरी गेट पहुँचाकर आधे घंटे में वापस आ जाऊँगी!"

नायक की खीझ वापस आ जाती है—"मनु क्या है यार...अब तुम इन्हें वापस भी छोड़ने जाओगी?"

मनु कोमलता से जवाब देती है—"तुम्हारा इन्तज़ार करते हुए मैंने फ़ुटपाथ पर इनकी बातें सुनी थीं। ये मेट्रो में कभी नहीं बैठे। इनको डर था कि कोई अन्दर जाने नहीं देगा, तभी मुझे आइडिया आया कि आज यही कर लूँ। इनको मेट्रो में घुमा दूँ!"

नायक पूछता है—"पर तुम इनको वापस कहाँ पहुँचाओगी?"

जवाब वो बच्ची देती है—" दीदी...उसी जगह पहुँचा देना...रात को हमारी माई आती है वहाँ पर!"

इस स्वर में ऐसा कुछ था कि नायक ने उस बच्ची के सिर पर हाथ रख दिया...और नायिका से कहा—"मैं भी आऊँगा तुम्हारे साथ वापस!"

मेट्रो रुकने पर नायिका ने बच्चे का हाथ और नायक ने बच्ची का हाथ पकड़ा और चारों स्वचालित सीढ़ियों से ऊपर की ओर चले गए।

अब उमस कम हो गई है, मन सावन हो रहा है।

70

रविवार दोपहर...चिलचिलाती गर्मी वाली दोपहर को मेट्रो में अन्य दिनों की अपेक्षा कम लोग ही होते हैं! एक छोटा-सा परिवार है। मियां-बीवी और एक बच्चा। लगभग दो साल का! बच्चा माँ की गोद में मचल रहा था तो माँ ने उसको नीचे उतार दिया। अब बच्चा आसपास बैठे लोगों के पास जा रहा है। कुछ लोग बच्चे को पुचकार रहे हैं। एक-दो लोग मोबाइल में इतने व्यस्त हैं कि उनके पास एक प्यारा-सा बच्चा खड़ा होकर मुस्करा रहा है लेकिन ये आरामदायक दृश्य वो नज़र उठाकर देख तक नहीं रहे हैं! कुल मिलाकर बच्चा आकर्षण का केन्द्र हो गया है!

कोनेवाली सीट पर एक बुज़ुर्ग बैठे हैं, अख़बार पढ़ रहे हैं (हमारी पीढ़ी तो मोबाइल पढ़ती है)। बच्चा उनके पास जाता है और वे अख़बार एक तरफ़ करके बच्चे के साथ बातें करने लगते हैं। हाथ मिलाते हैं, नमस्ते करते हैं। बच्चा हाथ जोड़ता है तो इधर बैठे उसके माता-पिता एक-दूसरे की आँखों में देखते हैं और ख़ुश होते हैं। चेहरे पर वही भाव आता है जो किसान के चेहरे पर अपनी फसल को अच्छा होता हुआ देखकर आता है!

बच्चा बुज़ुर्ग से घुल-मिल रहा है। अपनी मम्मी के पास वापस आता है और अपना एक खिलौना माँगता है। मेट्रो के अन्दर खिलौना देने में माता थोड़ी हिचकती हैं तो पिता कहते हैं—'दे दो...क्या हो गया?' बच्चा खिलौना प्राप्त कर लेता है। कुछ ओपन कार जैसा मामला है जिसमें बिल्ली...चूहा... कुत्ता और आदमी बैठे हुए हैं! बच्चा कार चलाना शुरू करता है। कार लेकर बुज़ुर्ग के पास जाता है। बुज़ुर्ग उस कार को हाथ में लेते हैं और 'अरे वाह... मैं भी बैठूँगा इसमें कहते हैं तो बच्चा हँस पड़ता है। उनके हाथ से कार लेकर वो बच्चा वापस आता है। बीच-बीच में स्टेशन आने पर एक-दो लोगों के चढ़ने-उतरने पर कार यथास्थान रुक जा रही है!

कुछ देर बाद बच्चा कार मेट्रो की फर्श पर ही रखा छोड़कर अपने पिता की मोबाइल में कुछ देखने लग जाता है और बीच-बीच में उक्त बुज़ुर्ग की तरफ़ भी देखकर मुस्कराहटों के तबादले कर ले रहा है!

अचानक कश्मीरी गेट स्टेशन आने की उद्घोषणा सुनते ही बच्चे के पिता ने बैग उठाया, माता ने बच्चे को उठाया और मेट्रो से उतर गए। बुज़ुर्ग ने देखा कि बच्चे का खिलौना तो वहीं उनकी सीट के नीचे ही रह गया। लपककर उन्होंने खिलौना उठाया और उस परिवार को आवाज़ देनी चाही कि तब तक मेट्रो के दरवाज़े बन्द हो गए!

हाथ में खिलौना लिए वे बुज़ुर्ग उस तरफ़ तब तक देखते रहे जब तक मेट्रो प्लेटफ़ॉर्म से आगे निकलकर सुरंग के अँधेरों में नहीं पहुँच गई!

71

मेट्रो में माँ की गोद में बैठे एक बालक ने अपनी घड़ी में जगमग लाइट जला के थोड़ी दूर खड़े हमउम्र को अचंभित कर दिया। उसने यह चमत्कार देखने के बाद फर्श पर बैठी माँ तक न जाने किस भाषा में अपनी गुहार पहुँचाई। माँ ने उसी भाषा में मना किया (ऐसा हावभाव से लगा)। बच्चे ने अब जिद का सहारा लिया और जिद के प्रथम चरण के रूप में अपने चरण पटकने लगा, माँ ने झापड़ दिखाया। बच्चे ने अगले चरण में प्रवेश किया और जोर से रोने लगा।

घड़ी वाले बच्चे ने अब घड़ी से नज़र हटाकर हमउम्र की जिद पर टिका दी। जिद का असर माँ पर हुआ। न जाने क्या बड़बड़ाते हुए उसने पास रखे मैले-कुचैले बैग को पास खींचा और उसमें हाथ डालकर कुछ टटोलने लगी। बच्चे ने रुदन का वॉल्यूम कम कर लिया और घड़ी वाले बच्चे की ओर इस नज़र से देखा मानो कह रहा हो बच्चू रुको अभी दिखाता हूँ। माँ के हाथ के साथ एक बाँसुरी बाहर निकली। बच्चे ने लपक ली और उसमें फूँक मारनी शुरू कर दी। फूँक के बाद जो ध्वनि निकली, वो अनूठी थी।

घड़ी वाले बच्चे के चेहरे का वक़्त बदल गया। उसने नज़र फेर ली। बाँसुरीवादक ने बाँसुरी होंठों से हटा ली। उसके चेहरे पर अजीब-सा भाव आया और उसने अपनी माँ से फिर कुछ कहा। माँ ने घूरा लेकिन फिर मुस्करा दी। बैग में दोबारा हाथ डाला। एक और बाँसुरी निकाली। बच्चे ने दूसरी बाँसुरी ले जाकर अपने हमउम्र घड़ी वाले को पकड़ा दी। घड़ी वाले बच्चे की माँ मुस्कराते हुए मना करना चाह रही थीं लेकिन कर नहीं पाईं। अगले स्टेशन पर बाँसुरी वाला बच्चा अपनी माँ के साथ उतर गया और उतरने से पहले घूमकर अपने हमउम्र को इशारे से बताया कि बाँसुरी कैसे बजाते हैं।

मेट्रो का माहौल अब सुहाना हो गया।

72

आज़ादपुर फ्लाईओवर के भी ऊपर मेट्रो का ब्रिज है...फ्लाईओवर के नीचे कई परिवार रात गुज़ार लेते हैं लेकिन आजकल उस जगह पर काँवड़ियों के लिए शिविर बन गए हैं जिनमें ऊँचे स्वरों में अत्याधुनिक भजनें बजती रहती हैं!

इसलिए आज ये माँ-बेटे फ़ुटपाथ पर सोए हैं, बेटे की उम्र तीन साल होगी! फ़ुटपाथ रह-रहकर हो रही रिमझिम बरसात से भीगा हुआ है लेकिन माँ तो अपनी औलाद को सुलाने के लिए बीच समन्दर में भी उसके कद जितनी सूखी जगह बना सकती है!

माँ अपने बेटे को सुलाना चाहती है। तभी फ़ुटपाथ के सामने ऊपर ब्रिज से गुज़रती मेट्रो पर बच्चे की नज़र पड़ती है और वो ख़ुश हो जाता है। फ़ुटपाथ पर लेटनेवाली आँखों को तो मेट्रो में एक चमकता-रोशनी में नहाया देश दिखा जो पलक झपकते गुज़र गया! बच्चे ने माँ की तरफ़ सवाल भरी निगाहों से देखा। माँ ने उसको सुलाने के लिए पहले से ही जारी उसके सीने पर नाज़ुक थपकी लगाते हुए कहा—'बेटा...मेट्रो है ये...अभी दूसरी आएगी...देखना!'

रात को मेट्रो की आवृत्ति कम होती है। फेरों के मध्य अन्तराल बढ़ जाता है। अगली मेट्रो क़रीब सात-आठ मिनट बाद आई लेकिन तब तक माँ की थपकी काम कर चुकी थी। बच्चा सो गया था और सोते बच्चे के कानों के पास जाकर माँ ने ऊपर की ओर इशारा करते हुए कहा—'बाबू...देखो... फिर आ गई मेट्रो!'

यह कहकर माँ ने बच्चे का माथा चूम लिया!

73

'ऐसे मत देखिए भाई साहब...मैं मेट्रो में भीख नहीं माँगूगा। मैं तो भीख के पैसों से टोकन लेकर मेट्रो में आया हूँ ये देखने कि कैसी होती है मेट्रो!'

देर से अपनी तरफ़ उठी कई निगाहों को उसने एक साथ ही जवाब दे दिया। जवाब सुनकर सभी अपनी-अपनी मोबाइल की दुनिया में व्यस्त हो गए। एकाध लोग बीच-बीच में हल्की-सी नज़र उठाकर उसकी तरफ़ जल्दी से देख ले रहे हैं! एक अंकल जी ने उससे बात करने की कोशिश की—'कहाँ तक जाओगे इससे?' जवाब आया—'साहब आज तीस रुपये का टोकन लिया है...टोकन देनेवाली मैडम ने न जाने क्या नाम बताया था उस जगह का जहाँ तक का टोकन है!'

अंकल जी ने कहा—'ठीक है...सुनो मैं सारे स्टेशन के नाम ले रहा हूँ; तुम बताना कौन सा स्टेशन?' उसने कहा—'रहने दो साहब...कहीं भी उतर जाऊँगा...थोड़ी देर बस मेट्रो में बैठ लूँ!'

अंकल जी चुप हो गए। एक छोटा सा बच्चा अपनी मम्मी के पास बैठा हुआ उसकी तरफ़ देख रहा है। खासकर उसके पैरों की ओर जिसमें फटे हुए गन्दे जूते थे! वो चुपचाप मेट्रो की फर्श पर बैठा सबको ध्यान से देख रहा है और इस बात से बेख़बर है कि एक नन्हा फरिश्ता उसकी तरफ़ देख रहा है। बच्चे के हाथ में काग़ज़ से बनी एक नाव है। बच्चा माँ के बग़ल से उठकर मेट्रो की फर्श पर नाव चलाता है। लोग मुस्कराते हैं। एक भाई साहब बच्चे को बताते हैं कि बेटा नाव तो पानी पर चलती हैं, ये जगह नाव चलाने की नहीं है!

बच्चा इस सलाह पर मुस्करा देता है बस...लेकिन नाव को आगे बढ़ाता हुआ उसके पास तक जाता है। अब उसने बच्चे की तरफ़ ध्यान दिया। मुस्कराते हुए वो बच्चे से बात करना चाहता है कि तभी बच्चे की माँ ज़ोर से

पुकारती है—'आरव...कम हियर!' बच्चा लौट आता है लेकिन अपनी नाव उसके पास ही छोड़ देता है।

अगले स्टेशन पर वो बच्चे की काग़ज़ की नाव लिए उतरता है और उतरते-उतरते बच्चे की तरफ़ देखता है और कहता है—'इसको ले जा रहा हूँ। इसके लिए, मेरे लिए, ये जगह ठीक नहीं!'

बच्चे ने उस ओर तब तक देखा जब तक उसकी दोनों आँखों में मेट्रो के दोनों दरवाज़े बन्द होते दिख नहीं गए!

74

मेट्रो का कोच किसी न्यूज़ चैनल की स्टूडियो की तरह बन चुका है। इलेक्शन पर ज़ोरदार बहस चल रही है। बस फ़र्क ये है कि यहाँ हाथापाई नहीं हो रही है और वक्ता गण अपनी-अपनी सीट पर बने हुए हैं! ज़ाहिर सी बात है, दो ही पक्ष हैं। सरकार बनाम अदर्स। यह भी ज़ाहिर है कि दूसरा पक्ष इसी वजह से देशद्रोही करार दिया जा रहा है! बहस जब शोर की सीमा लाँघकर झगड़े में बदलने लगी तो वहीं बैठी एक माँ की गोद में सोया हुआ बच्चा कुनमुनाया। माँ ने उसको थपकी देकर सुलाना चाहा लेकिन यहाँ तो वक्ताओं के तर्क-वितर्क-कुतर्क किसी हथौड़े की तरह गिर रहे थे। उसके सामने थपकी की क्या बिसात। इसलिए बच्चा रोने लगा। उसकी माँ ने इशारे से सबको चुप कराना चाहा लेकिन वे लोग तो एक-दूसरे की भी नहीं सुन रहे हैं। उसकी क्या सुनते!

अब उस माँ ने सिंहनी का रूप धार लिया और दोनों पक्षों को जमकर लताड़ पिलाई। दो-चार और लोग जो इस बहस से परेशान थे लेकिन बोल नहीं पा रहे थे, उन्हें भी बल मिला। अब वक्ताओं के चेहरों पर चुप्पी पसर गई है। सब क्रमशः अपने-अपने मोबाइल में बिज़ी होने लगे। बच्चा भी धीरे-धीरे ऊँघने लगा। लेकिन इसी बीच मालवीय नगर मेट्रो स्टेशन से एक आदमी का प्रवेश होता है जो फ़ोन पर ज़ोर-ज़ोर से बात कर रहा है—'अरे मरदे...बहुत कम भोटिंग परसेंटेज है हो...लोग घर से निकलबे नहीं कर रहा है। एतना तेज़ धूप हो रहा है कि का किया जाए। हम तो बोले थे मंत्री जी को कि बरसात के बेला में कराइएगा इलेक्शन...तो मनबे नहीं किए...बोले लोकतंत्र के कुछ नियम होते हैं। का लोकतंत्र...जब लोग घर से निकल ही नहीं रहे हैं!'

लोकतंत्र के इस सुधी नागरिक को बात करते-करते यह महसूस हुआ कि सब लोग उसे घूर रहे हैं। वो दूसरी कोच की तरफ़ बढ़ गया। अब बच्चे की माँ समेत सभी वक्ताओं की हँसी निकल गई और बच्चा फिर रोने लगा!

75

आज़ादपुर मेट्रो स्टेशन नम्बर तीन से थोड़ी दूर लाल बाग की झुग्गियाँ हैं। उन झुग्गियों में रहनेवाले बच्चे मेट्रो की पार्किंग से लेकर, सीढ़ियों तक में खेलते रहते हैं!

आज की दुपहरी में वहाँ कुछ बच्चे खेलने के लिए इकट्‌ठा हुए हैं। एक बच्चा बाकियों की टीम बना रहा है और सबके नाम भी रख रहा है। एक बच्चे का नाम रखा गया पंडित जी, एक का रखा गया मौलवी साहब, एक सरदार जी कहलाया...एक को मोची बताया...एक को धोबी कहा...एक बच्चा जिसका एक पाँव कटा हुआ है, उसे कहा—"तुम कैसे खेलोगे, नहीं खेल पाओगे!" वो बच्चा उदास हो गया।

खेल में एक बच्चे को सबको छूना है और बाकियों का भागना है। एक अनोखे तरह से यह निर्णय हुआ कि सरदार जी सबको छुएँगे। दौड़-भाग शुरू हुई। सरदार जी ने सबसे पहले धोबी कहला रहे बच्चे को छू दिया। अब धोबी से सबने कहा कि हमारे कपड़े धोकर प्रेस करो। धोबी ने आभासी कपड़ों को धोने और प्रेस करने का अभिनय किया। खेल आगे बढ़ा। मोची ने सबके आभासी जूते सिले, पॉलिश किये। पंडित जी और मौलवी साहब ने पूजा की, दुआ की और खेल का प्रथम चरण पूरा हुआ। लेकिन सरदार जी ने उदास बैठे बच्चे को सहारा देकर खड़ा किया और बोले कि तुम किसान बन जाओ ना। हम सब तुम्हारे खेत में काम करेंगे। तुम हमें काम करते हुए देखना! सभी बच्चे ख़ुश थे, प्रसन्न थे।

पार्किंग के बाहर पपीता बेच रहे दाढ़ी वाले और नींबू पानी बेच रहे कंठी-माला वाले में झगड़ा हो गया। वजह थी कि नींबू-पानी वाले की जगह पर पहले आकर पपीते वाले ने अपना ठेला लगा लिया क्योंकि उसका कहना था कि उसकी जगह पर उस वक़्त पुलिस की गाड़ी खड़ी थी। मामला लगभग

हाथापाई पर उतर आया। सभी बच्चे भागकर वहाँ पहुँचे। झगड़ा देखने!

पाँच मिनट के बाद किसान बने बच्चे ने सबको आवाज़ लगाई—"अबे जल्दी आओ...खेत में काम करो...जल्दी आओ!" दो-चार पुकार के बाद सभी बच्चे काम पर वापस पहुँच गए। सभी खेत में काम करने का अभिनय करने लगे!

कुछ ही दूरी पर जहाँ बड़े झगड़ रहे थे। वहीं बच्चे ख़ुशियों की फसल उगा रहे थे।

76

प्रतापनगर मेट्रो स्टेशन के बाहर एक युवक ख़ब्तुल हवास सा है। कभी बैग चेक कर रहा है, कभी अपनी जेबें लेकिन वो एक शय जिसे पर्स कहते हैं, कहीं मिल नहीं रहा था। बॉटल का पानी कब का खत्म हो चुका था लेकिन ना जाने किस उम्मीद में वो बार-बार ढक्कन खोल रहा था।

लालबत्ती पर गुलाब का फूल बेच रहे दो बच्चे फ़ुटपाथ पर बैठे थे और कभी हरी से लाल होती बत्ती की तरफ़ तो कभी इस युवक की तरफ़ देख रहे थे। कुछ देर देखने के बाद वे दोनों उठकर इसके पास आए। युवक भड़क गया—"अबे यार यहाँ पर्स ही गायब हो गया है, मैं परेशान हूँ कि मेट्रो से जाऊँगा कैसे और तुम चले आए फूल लेकर!" वे दोनों डरके वापस भाग गए। बत्ती भी लाल हो चुकी थी। अब ये भाई साहब इधर-उधर फ़ोन मिलाने लगे। परेशानी बढ़ती ही जा रही थी।

बत्ती फिर हरी हुई। एक बच्चा सड़क पार करके एक शॉप से पानी की बॉटल खरीद कर लाया। दूसरा इधर फ़ुटपाथ पर बैठे उसे चिल्ला-चिल्लाकर बता रहा था—"अबे देख के गाड़ी...हाँ...आ...रुक...आजा!" पानी लेकर आया बच्चा अपने साथी के पास बैठ गया। और दोनों ने आपस में कुछ बातें कीं। फिर उठकर आहिस्ता कदमों से पानी बॉटल हाथ में लिये उनमें से एक बच्चा इस युवक के पास आया। इस बार युवक ने ग़ुस्सा नहीं किया। बच्चे ने कहा—"अंकल...एक बार मेरी बात सुन लो!"

"बोलो"—युवक ने कहा।

"मुझे पता है आप परेशान हैं। पहले ये पानी पी लो, फिर मेरे साथ उस तरफ़ की दुकान पर चलो। उसे अपने मोबाइल से पैसे दे देना और वो आपको उतने ही पैसे दे देगा। फिर आप मेट्रो से चले जाना!"

युवक की आँखें भर आईं। उसने पानी पीया। फिर उस बच्चे के साथ

सड़क पार गया। इस तरफ़ फ़ुटपाथ पर बैठा बच्चा बत्ती के हरी से लाल और लाल से हरी होता देखता रहा। कुछ देर में वो युवक बच्चे के साथ वापस आया। और मुस्कराते हुए बच्चों से कहा—"अच्छा अब ऐसा करो, एक फूल बेच दो मुझे!"

बच्चों ने अपने-अपने टोकरे उठाये। एक ने कहा—"अरे जाओ ना अंकल...आपके पास बस सौ रूपया है। क्यों फालतू पैसे ख़र्च करोगे!"

युवक ने फिर पानी पीया। और मेट्रो स्टेशन के गेट की तरफ़ चल दिया।

सिग्नल की लाइट गुलाब के रंग की हो गई थी।

77

"मुझे घर आना है माँ", सीढ़ियों पर बैठा एक लड़का मोबाइल पर बातें कर रहा है। "नहीं...मेरा मन बिलकुल भी नहीं लगता यहाँ, सब नकली-नकली सा है...हाँ...पापा को बोलो...मुझे बुला लें वापस...हाँ...मैं घर रहकर ही पढ़ाई करूँगा!" बातें करते-करते सिसकियाँ आने लगती हैं।

मेट्रो स्टेशन में प्रवेश करनेवाली स्वचालित सीढ़ियों पर चार बच्चे खेल रहे हैं, उनका यही काम है ऊपर जाती सीढ़ियों से नीचे उतरना। उनमें से एक बच्चा रुककर इस लड़के की बातें सुनने लगता है।

फ़ोन कटने के बाद लड़का सिर झुकाए उदास बैठा है। धीरे-धीरे एक बच्चे को उसके पास खड़ा देखकर बाक़ी तीनों बच्चे भी वहीं आ जाते हैं। कुछ ही पलों में लड़के का ध्यान इन बच्चों की तरफ़ जाता है और वो उठने लगता है। एक बच्चा आगे बढ़कर उसको उठने से रोक लेता है। बाक़ी बच्चे भी आसपास बैठ जाते हैं।

सब चुप रहते हैं। जो बच्चा रुककर उस लड़के की बातें सुन चुका था वो बोला—"भइया...यहाँ बहुत कुछ असली है। चलो मैं दिखाता हूँ!" लड़का मुस्कराने लगता है। बाक़ी बच्चों में उत्सुकता है जानने की कि क्या हो रहा है। उस बच्चे ने अपने साथियों को किसी टीम की तरह इकट्ठा करके धीरे-धीरे कुछ बताता है। सारे हँसने लगते हैं।

अब सारे बच्चे उस लड़के को पकड़कर साथ-साथ लेकर सामने खड़े रिक्शों की तरफ़ चलते हैं। एक रिक्शेवाला बोलता है—"का बे छोटू...***चो* कहाँ लिये जा रहे हो इनको?" इस गालीयुक्त वाक्य के खत्म होते ही सारे बच्चे लड़के से कहते हैं "असली-असली!" आगे बढ़ने पर सुलभ शौचालय के गेट पर बैठे एक आदमी ने कहा—"साले छोटू...तेरी ******* दुपहर को बुलाया था तू आया नहीं?", सारे बच्चे चिल्लाते हैं—"असली-असली" आगे

बढ़ने पर सड़क के पास एक आदमी के पास सब रुकते हैं, वो समझता है कि बच्चे इस लड़के को पकड़कर लाए हैं ताकि ये कुछ पैसे देगा, बेचारगी से वो अपने दोनों कटे हुए बाजुओं की तरफ़ आँख से इशारा करता है, बच्चे बोलते हैं—"असली-असली"...बच्चे रुकते नहीं हैं। लड़के के साथ घूमकर स्टेशन के गेट की तरफ़ वापस आ जाते हैं।

लड़का मेट्रो गेट की सीढ़ियाँ चढ़ने लगता है। उसका मोबाइल बजता है, वो बात करने लगता है—"हाँ पापा...अरे कुछ नहीं...वो तो ऐसे ही...अरे नहीं रोया नहीं था...बस ऐसे ही!"

सारे बच्चे फिर खेलने लगते हैं और जोर से चिल्लाते हैं—"असली-असली!"

78

कन्हैयानगर मेट्रो स्टेशन के गेट नम्बर एक से निकलने के बाद सड़क पर लगभग बीस कदम बढ़ने पर लाल बत्ती है। और गेट के बग़ल में सर्विस लेन है, जिससे छोटे-मोटे वाहन गुज़रते हैं। क़रीब चार-पाँच छोटे बच्चे-बच्चियाँ वहाँ पर इकट्ठे बैठे हैं। जैसे ही बत्ती अपना रंग बदलती है, ये सारे उठकर रुकी हुई गाड़ियों के पास जाते हैं। कुछ पैसे माँगते हैं। एक बच्चा कलम बेचता है, सबसे गुज़ारिश करता है कि कलम खरीद लें ताकि उसे खाने को पैसे मिल जाएँ। एक बच्ची हेयर बैंड, और क्लिप बेच रही है। 120 सेकंड की लाल बत्ती के दौरान ये सारे वहाँ रुकी लगभग हर गाड़ी तक अपनी पुकार पहुँचाते हैं।

बत्ती हरी होने पर ये आपस में बातें करते हैं, जिसकी ज़रा भी कमाई हो जाती है वो थोड़ी अकड़ दिखाता है और जिसको कुछ नहीं मिलता वो उदास रह जाता है। क़रीब छह-सात बार बत्ती लाल होने के बाद यह समूह सुस्ताने बैठा है। समूह का एक बच्चा उदास है, उसका ध्यान मेट्रो गेट पर एक-दूसरे का हाथ थामे खड़े होकर बातें कर रहे जोड़े पर है, बाक़ी सब अपना-अपना हिसाब लगाने में व्यस्त हैं।

समूह की एक बड़ी लड़की ने बताया कि वो तो भुट्टे खाएगी दस रुपये के; एक लड़के ने कहा कि वो अभी कुछ और पैसे जुटाकर किसी दादा से बीड़ी और रोटी लेगा। एक लड़के का मानना है कि पैसे जुटाने नहीं हैं, जितने मिलते जाएँ खाते जाओ और इस जीवन-दर्शन के साथ वो सामनेवाली दुकान से कुछ लेने चला गया।

जो बच्ची हेयर बैंड वगैरह बेचती है वो चुप है, उसका ध्यान अपने उदास साथी की तरफ़ है, वो उठकर समूह से थोड़ी अलग जाकर बैठ जाती है। कुछ देर बैठने के बाद वो मेट्रो गेट के पास खड़े जोड़े के पास जाकर कुछ खरीदने की विनती करती है, लेकिन वहाँ से झिड़क दी जाती है। अब

उसके उदास साथी का ध्यान उस पर गया। वो उसके पास जाकर बैठ गया। दोनों चुपचाप देर तक सामने से गुज़र रही दुनिया और वक़्त को देखते हैं। बच्ची पूछती है—"तू नहीं खाएगा कुछ?" उदास साथी का जवाब है—"बस एक सिक्का मिला है आज!" और वो अपनी फटी कमीज़ की बची हुई जेब से एक पाँच रुपये का सिक्का निकालकर दिखाता है। अब दोनों उदास हैं।

कुछ देर तक यूँ ही बैठे रहने पर वे देखते हैं कि उनके बाक़ी साथी फिर से लालबत्ती पर पहुँच गए हैं। बच्चे ने बच्ची का एक हाथ पकड़कर उसकी हथेली पर पाँच का सिक्का रख दिया और एक लाल रिबन उसके सामान में से उठा लिया। बच्ची मुस्कराती है—"तू इसका क्या करेगा?" बच्चे ने अपनी उदासी और अभाव को लात मारते हुए बच्ची के पीछे जाकर उसके गन्दे से बालों को मुट्ठी में भरकर उसमें लाल रिबन फँसा दिया और कहा—"मैंने तेरे लिए खरीदा है!"

दोनों प्रसन्न हो जाते हैं। देर तक हँसते रहते हैं। फिर बच्ची कहती है—"अब मेरे पास बीस रुपये हो गए...चलो कुछ खाते हैं!" और दोनों सामनेवाली दुकानों की लाइन की तरफ़ चले जाते हैं जाते-जाते बच्ची ने अपना सामान बच्चे को पकड़ाया और अपना रिबन ठीक कर दिया।

79

झिलमिल मेट्रो स्टेशन के पास कुछ झुग्गियाँ हैं, जो आने-जानेवालों को खटकती हैं। झुग्गियों में रहनेवाले बच्चे मेट्रो स्टेशन के नीचे खेलते रहते हैं और अक्सर आने-जानेवालों की गालियाँ खाते हैं। बच्चों को इन गालियों से फर्क ही नहीं पड़ता, साँस की तरह गालियाँ भी लेते हैं वे।

कुछ देर पहले एक स्कूटी वाले को एक कार से टक्कर लगी। स्कूटी वाला सड़क पर गिर गया। कुछ लोग इकट्ठा हुए। कार वाले को कार के दाम के अनुसार कम गालियाँ दीं, स्कूटी वाले को मेट्रो स्टेशन के नीचे छाँव में बैठा दिया गया। बग़ल में स्कूटी खड़ी कर दी गई। दो-चार मिनट बाद सब लोग चले गए। स्कूटी वाले को चोट तो ज़्यादा नहीं आई थी, लेकिन वो ज़्यादा घबरा रहा था। ना चाहते हुए भी उसके हाथ काँप रहे थे।

फ़ुटपाथ के वारिसों ने अब स्कूटी वाले लड़के को घेर लिया। एक ने पूछा—"भइया दर्द हो रहा है ना?" लड़के ने हाँ में सिर हिलाया। दूसरे बच्चे ने सुझाव दिया—"पानी पी लो!" लड़के ने धीरे से कहा—"पानी नहीं है!" बच्चे ने कहा—"रुको मैं लेकर आता हूँ!" यह कहकर वो चला भी जाता है। बाक़ी बच्चे हँसने लगते हैं। कुछ देर बाद वो झुग्गियों की तरफ़ से एक गन्दी-सी बॉटल में पानी लेकर आता है। बॉटल लड़के की तरफ़ बढ़ाता है। लड़का संकोच के साथ बॉटल पकड़ लेता है। एक बच्ची बोलती है—"भइया हमारे घर का पानी थोड़ी ना पीएँगे!" जो बच्चा पानी लाया था, वो मायूस होते हुए बोला—"पानी ही तो है!"

स्कूटी वाले लड़के ने मुस्कराते हुए बॉटल से पानी अंजुलि में भरा और मुँह धोया...और थोड़ा सा पानी पी लिया। सारे बच्चे ख़ुश हो गए। लड़के का हाथ काँपना बन्द हो गया।

अन्दर पानी जाने के बाद जैसे लड़के को कुछ याद आया। उसने अपनी

जेब से मोबाइल निकाला, मोबाइल सुरक्षित था,उसमें कोई टूट-फूट नहीं थी। सारे बच्चे मोबाइल को उत्साह से देखने लगे। लड़के ने सारे बच्चों को अपने पीछे इकट्ठा किया...सेल्फी ली।

ट्रैफिक के बीच मुस्कराहटों के कई फूल खिल गए। लड़का उठा, स्कूटी पर बैठकर ट्रैफिक का हिस्सा हो गया।

सारे फूल आपस में खेलने लगे। पानी की बॉटल एक तरफ़ रख दी गई है। पानी ही तो है।

80

मेट्रो में एक मैडम बैठी हैं और अपने पाँच-छह साल के बेटे को बैठाने की कोशिश कर रही हैं लेकिन वो कम्बख़्त सबसे तेज चैनल के ऐंकर माफ़िक़ सिर्फ़ सवाल पे सवाल पूछे जा रहा है लेकिन जवाब सुनने को तैयार तक नहीं हो रहा है! बच्चे ने सवाल किया—'मम्मा...ये मेट्रो वाली आंटी ये क्यों बोल रही हैं कि दरवाज़े से दूर हटकर खड़े हों। मैं तो यहाँ खड़ा हूँ आपके पास?'

माता जी जवाब देने के लिए ज़बान हिलाने ही वाली थीं कि अगला सवाल आया—'उस सीट पर लिखा है for ladies तो वो अंकल क्यों बैठे हैं वहाँ...आप क्यों नहीं बैठी हैं वहाँ पे...आप यहाँ क्यों बैठी हैं?'

सवाल के ऊपर सवाल—'मेट्रो के गेट कौन खोलता-बन्द करता है?'

मैडम ने आसपास के लोगों के चेहरों की उतरन देखकर यह अन्दाज़ा लगा लिया कि सबकी इरीटेशन चरम पर है। तो उन्होंने नन्हे ऐंकर को खींचकर अपने पास बुलाया और उसका ध्यान बँटाने की कोशिश करने लगीं!

अचानक शायद उनका नाख़ून बच्चे को कहीं लग गया तो बच्चा फिर चीख़ा—'मम्मा! आपको सुबह ही बोला था मैंने, अपने नेल्स काट लो?'

माँ ने सफाई प्रस्तुत की—'बेटा...वो सुबह मैं नेलकटर खोज ही रही थी...तीन नेलकटर हैं...एक भी नहीं दिखा!'

'तो दादा जी से माँग लेतीं?'

'अरे नहीं बेटा...मिल ही जाएगा। अब तेरे दादाजी से कोई सामान माँगो तो इतने सवाल करने लगते हैं कि क्या बताऊँ?'

'अरे...नेलकटर माँगने में ऐसा कौन सा सवाल पूछेंगे वो...यही तो पूछेंगे ना कि क्यों चाहिए नेलकटर...तो बता देना कि नेल्स काटने हैं और क्या इनसे सब्ज़ी थोड़ी ना काटूँगी!'

बालक की इस बात पर सभा सन्न है।

मैं इस बालक के चरण छू लेना चाहता हूँ!

81

सुबह-सुबह शालीमार बाग़ मेट्रो स्टेशन के गेट नम्बर एक के बाहर एक बुज़ुर्ग दम्पती थोड़े हैरान-परेशान दिखे। सामने सवारियों को लपकने के लिए हमेशा तत्पर ई-रिक्शेवाले 'आइये बाबूजी' कहकर बुलाए जा रहे हैं। लेकिन वे दोनों आपस में ही बातें किये जा रहे हैं। मैं वहीं रुक गया, क्योंकि लग ही रहा था कि ये लोग या तो रास्ता पूछेंगे या कोई पता। और मेरा अनुमान ठीक निकला। अंकल जी मेरे पास आए और बोले—"बेटा... यहाँ अच्छे छोले-भटूरे कहाँ मिलते हैं?"

मैंने थोड़े ताज्ज़ुब से देखा तो बोले—"घरवाले खाने नहीं देते... परहेज के नाम पर अब बस ज़िन्दगी कट रही है। आज बच्चों की पीटीएम है। बहू वहाँ गई है, बेटा ऑफ़िस निकला तो हम दोनों भी निकल आए!"

मैंने कहा—"लेकिन अंकल छोले-भटूरे नुकसान पहुँचा सकते हैं, तभी तो घरवाले मना करते होंगें ना!" वे मुस्कराए। आंटी भी तब तक नज़दीक आ गई थीं। बोलीं—"पचास साल पहले आज के ही दिन हमारी सगाई हुई थी। हम दोनों को छोले-भटूरे बहुत पसन्द थे। बेटा-बहू तो मैरिज एनीवर्सरी वाले दिन केक कटवा देंगें, वो भी थोड़ा-सा ही खाने देंगें। इसीलिए आज मौका मिला तो हम दोनों इधर आ गए!"

मैंने पूछा—"कहाँ से आ रहे हैं आप लोग?"

वे बोले—"पंजाबी बाग से..." "वहाँ भी तो मिलते होंगें छोले-भटूरे?"—मैंने पूछा। आंटी बोलीं—"वहाँ सब जानते हैं हमें!"

मैंने एक रिक्शेवाले को यहाँ की एक मशहूर छोले-भटूरे वाली दुकान पर इस जोड़े को छोड़ने को कहा। दोनों के चेहरे पर बहुत खुशी थी। रिक्शेवाले ने तीस रुपये माँगे। अंकल ने कहा—"चालीस दूँगा" रिक्शा बढ़ता गया। मैं वहाँ खड़े-खड़े देखता रहा। अंकल ने आंटी के कंधे पर हाथ रखा हुआ था। जिधर रिक्शा बढ़ रहा था, उधर गुलमुहर के फूल अधिक लाल लग रहे थे।

82

बालक फ़ोन पर शिकायत दर्ज करा रहा है—'यार तुमसे हज़ार बार कहा है कि जब फ़ोन ना उठा पाया करो तो एक मैसेज कर दिया करो। लेकिन तुम तो मैसेज देख लेती हो लेकिन तब भी जवाब नहीं देती। एक मैसेज टाइप करने में कितना टाइम लगता है। अब देखो, मेट्रो टनल में जा रही है, नेटवर्क जाएगा। नेटवर्क आते ही कॉल करूँगा। प्लीज़ एक ही बार में पिक कर लेना। नहीं तो मैं परेशान हो जाता हूँ...प्लीज़!'

एक कन्या पास ही खड़ी है जो उक्त बालक से सम्बन्धित नहीं है। वो अलग परेशान है। फ़ोन में नेटवर्क नहीं है तो बार-बार नम्बर डायल करके 'च्च्च...च्च्च' करके अपनी चिढ़ ज़ाहिर कर रही है। उसको एक ज़रूरी कॉल करनी है। साथ खड़ी सहेली के फ़ोन का भी नेटवर्क चला गया है। कन्या सखी से विपदा रो रही है कि यार कुनाल को बोला है चावड़ी बाज़ार उतरने को लेकिन चाँदनी चौक के ज़्यादा पास है लाल किला। अब कैसै बताऊँ उसको कि चाँदनी चौक तक आए। मैसेज भी नहीं जा रहा!'

एक चचा वहीं सीट पर बैठे अख़बार देख रहे हैं। लेकिन पूरा ध्यान उनकी इस युवा पीढ़ी की ज्वलन्त समस्या पर है। उन्होंने अख़बार में एक ख़बर पर आँखें गड़ाईं—'बीएसएनएल कर्मचारियों को नहीं मिला वेतन!'

चचा ने सारी बातों को निचोड़ रूप में एक वाक्य में प्रस्तुत किया—'सब अपनी अपनी जगह परेशान हैं। इसी का नाम ज़िन्दगी है!'

इधर कन्या और उक्त बालक के मोबाइल में नेटवर्क की आहट हुई। दोनों के चेहरों पर ख़ुशी चमक उठी। दोनों फ़ोन पर बिज़ी हो गए! चचा ने मुस्कराते हुए अख़बार का पन्ना पलटा—'देर से ही सही...इनका वेतन भी आ ही जाएगा!'

83

पिंक वाली मेट्रो में एक सरदार जी अपने बच्चे को हर स्टेशन का अनुमानित इतिहास बता रहे हैं।

शालीमार बाग मेट्रो स्टेशन पर बोले—"लगता है यहाँ किसी ने अपनी साली को मार दिया था!"

बेटा तेज़ था। गेट के ऊपर लगा डिजिटल बोर्ड पढ़कर उसने अगले स्टेशन का नाम बोला—"नेता जी सुभाष प्लेस"

सरदार जी बोले—"पुत्तर यहाँ एक बार बोस जी आजाद हिन्द फ़ौज लेकर आए थे!"

बेटे ने बताया—"शकूरपुर"

सरदार जी ने बताया—"शकूर मियाँ ने ज़मीन दी होगी इस स्टेशन के बनने में!"

अब यह खेल रुचिकर हो चला। सबकी निगाहें इतिहासकार पिता और बेटे की इस जोड़ी पर टिक गईं।

बेटे ने धीरे से कहा—"पंजाबी बाग"

सरदार जी बोले—"आके बैठ जा चुपचाप...अब हर जगह की हिस्ट्री बताऊँ तुझे...मैं गूगल थोड़ी ना हूँ!"

बेटा चुपचाप बोर्ड पढ़ता रहा। बोर्ड पढ़ते-पढ़ते एक जगह रुका और सरदार जी से बोला—"पापा जी...इक होर दस दो प्लीज!"

सरदार जी ने पूछा—"क्या?"

बेटे ने कहा—"इसमें इक स्टेशन का नाम आश्रम लिखा है...वहीं चलें...बॉबी द्योल मिलेगा वहाँ!"

सरदार जी ने कहा—"बेटा...लास्ट टाइम कह रहा हूँ...आके बैठ जा!"

अब बेटा मोबाइल में गेम खेल रहा है।

84

कलरफुल पिंक लाइन की मेट्रो में हूँ। ज़्यादातर सवारियों के चेहरे पर होली की पूर्व संध्या झलक रही है। एक लड़का पास खड़ी लड़की को समझा रहा है कि इट्स ओके...फेस्टिवल है...एन्ज्वॉय करो। लड़की बार-बार उसे पिछले हफ़्ते ही अपने केशों पर हुए ख़र्च के बारे में बता रही है और इस बात पर ग़ुस्सा जता रही है कि आज ऑफ़िस वालों ने ठीक नहीं किया। बालों में गुलाल नहीं डालना चाहिए था। मज़ाक़ की भी एक लिमिट होती है! लड़का भी 'इट्स ओके' का जाप कर-कर के शान्त हो चुका है!

एक स्टेशन पर एक बहुत ही वृद्ध दम्पती मेट्रो में चढ़े। बुज़ुर्ग महिला का हाथ पकड़े हुए बुज़ुर्ग ने जब मेट्रो में प्रवेश किया तो सीट पर बैठे दो-तीन लोगों ने एक साथ सीट छोड़ दी और इन बुज़ुर्गों को बैठाया! आंटी जी के बालों में और दोनों गालों पर गुलाल लगा हुआ है। अंकल जी ने बस तिलक लगा रखा है! बैठते समय आंटी जी के बालों से थोड़ा गुलाल झड़कर उनके कपड़ों पर गिरा तो जैसे आंटी को कुछ याद आया। उन्होंने अंकल जी से मुस्कराते हुए कहा—'अरोड़ा जी भी ना...इस उमर में भी मज़ाक़ करते हैं। और देखो ना आपको तो बस टीका लगाया और मेरे तो सिर में भी गुलाल लगा दिया!' अंकल जी मुस्कराते रहे। आंटी ने अपने बालों में उँगलियाँ फिरा कर अंकल जी के गालों पर उनका एक रंगीन अनुवाद कर दिया। अंकल पल भर के लिए असहज हुए लेकिन आंटी जी ने तुरन्त उनसे ये कहा जिससे वे फिर मुस्कराने लगे—'हैप्पी होली!'

सामने खड़ी कन्या ने ये सब देखा और अब चुप खड़े लड़के की ओर मुस्कराते हुए देखा और बोली—'इट्स ओके!'

85

वे ऊपर प्लेटफ़ॉर्म पर जाना चाहती थीं लेकिन स्वचालित सीढ़ी रुकी हुई थी, उस रुकी हुई सीढ़ी के पास खड़ी होकर मिनट भर तक उन्होंने उसकी निरर्थकता पर गौर किया और फिर भारी पाँवों से सामने खड़े आईएसएएफ के जवान के पास गईं, जो एक पिलर के पास गन लिये खड़ा था, उसके सामने सीने की ऊँचाई तक रेत भरी बोरियाँ उसे घेरे खड़ी थीं लेकिन इसके बावजूद न तो वो 'नीलकमल' फिल्म का राजकुमार लग रहा था और न ही उसने 'आजा तुझको पुकारे मेरा प्यार' गीत गुनगुनाया था। सामने से एक गर्भवती महिला को आते देख उसने खुद ही पूछा—"कहिए मैडम?"

महिला ने कहा—"इस हालत में प्लेटफ़ॉर्म तक कैसे जाऊँ?"

"लिफ्ट से चली जाइए"—जवाब मिला।

"पर लिफ्ट में मुझे डर लगता है!" संकोच के साथ महिला ने कहा।

"अरे मैडम पन्द्रह सेकेंड भी नहीं लगते लिफ्ट से!" हौसला बढ़ाते हुए जवान ने कहा।

"हाँ पर मैं..." महिला अपनी समस्या की गम्भीरता बताना चाह रही थी कि तभी पीछे से एक आंटी ने उसके कंधे पर हाथ रखा और पूछा—"एनी प्रॉब्लम?" महिला ने अपनी समस्या बताई। जवान ऐसे देख रहा था मानो उसके दिमाग़ में चल रहा हो कि ये भी कोई प्रॉब्लम है। आंटी कह रही थीं—"होता है बेटा...प्रेग्नेंसी में कई सारे डर बैठ जाते हैं मन में...लेकिन तुम डरो नहीं, मेरे साथ चलो। बातें करते रहना। पता भी नहीं चलेगा कब प्लेटफ़ॉर्म पर पहुँच गई!"

दोनों लिफ्ट में बातें करते हुए ऊपर प्लेटफ़ार्म तक गईं। महिला की आँखों में एक निश्चिन्तता आ चुकी थी। प्लेटफ़ॉर्म पर उसे छोड़कर आंटी वापस लिफ्ट की तरफ़ जाने लगीं तो महिला ने पूछा—"अरे आप फिर कहाँ जा रही हैं?"

आंटी ने कहा—"बेटा...मैं तो एग्जिट हो रही थी इसी स्टेशन से तब मैंने तुम्हारी बात सुन ली और तुम्हें यहाँ तक ले आई। गॉड ब्लेस यू बेटा!"

महिला ने कृतज्ञता के साथ हाथ जोड़ लिये और आंटी को लिफ्ट में बन्द होते देखती रही। आंटी ने लिफ्ट बन्द होने के ठीक पहले उसे इशारे से बताया कि मेट्रो आ चुकी है।

86

मेट्रो में एक युवा के बग़ल में एक बुज़ुर्ग बैठे हुए हैं। चेहरे पर बच्चों जैसी मुस्कान लिए हुए वे कुछ पढ़ रहे हैं लेकिन ज़्यादातर इधर-उधर देख रहे हैं! युवा के फ़ोन पर वीडियो कॉल आई तो उसने झटपट ईयरफ़ोन लगाया और बातचीत शुरू कर दी!

औकल जी बस युवा के मोबाइल स्क्रीन पर आई लड़की को देख ले रहे हैं और अपनी मुस्कराहट चेहरे पर बनाए हुए हैं! लड़के ने एक-दो बार कनखियों से देख लिया कि अंकल जी उसके मोबाइल में रह-रहकर झाँक रहे हैं!

कुछ देर बात करने के बाद मेट्रो में नेटवर्क प्रॉब्लम की वजह से कॉल डिस्कनेक्ट हो गई। नेटवर्क जाने की झुँझलाहट लड़के के चेहरे पर साफ़ दिख रही है! इधर अंकल जी की मुस्कान की निरन्तरता बनी हुई है!

दो-चार बार कॉल करने के प्रयास की विफलता के बाद लड़का थोड़ा सा मायूस बैठा है। अंकल जी ने बिना किसी तक़ल्लुफ के बातचीत शुरू की—'बेटा...बुरा ना मानो तो एक बात कहूँ?' लड़के ने बड़ी ही विनम्रता से कहा—'श्योर अंकल!' अंकल ने कहना शुरू किया—'बेटा परेशान ना हो... इन्तज़ार का अपना ही मज़ा होता है। नेटवर्क आ ही जाएगा कुछ देर में। तब तक इन्तज़ार करो। इसका अपना ही ज़ायक़ा होता है!'

जब अंकल ये बोल रहे थे तो गुलज़ार जैसे लग रहे थे—'बेटा...तुम्हारी पीढ़ी तो बहुत क़िस्मतवाली है। तुम जब चाहो महबूबा को वीडियो कॉल करके देख सकते हो। मैंने अभी ध्यान दिया था। तुमने बात करते समय उबासी आने पर लड़की को टोका था कि हाथ आगे लाया करो उबासी लेते वक़्त। बेटा... हमारे समय में तो महीनों चेहरा नहीं दिखता था। तुम तो यहाँ अपने महबूब को उबासी तक को दाँतों से काटते हुए देख ले रहे हो। हमारी पीढ़ी तो इसपे एक कविता लिख मारती और तुम डाँट रहे थे!'

लड़का मुग्ध होकर अंकल जी की बातें सुन रहा था। अंकल जी ने उसे याद दिलाया—'बेटा...तुम्हारा फ़ोन बज रहा है!'

लड़के ने कहा—'बजने दीजिए अंकल...आप अपने बारे में कुछ बताइए ना?'

'बेटा...बात कर लो, नहीं तो फिर बेवजह झगड़ा हो जाएगा तुम्हारा!'

'अंकल...आपके टाइम पर झगड़ा कैसे होता होगा। आई मीन...तब तो चिठ्ठियाँ होती थीं तो झगड़ा कैसे करते थे?'

'बेटा...चिट्ठियों में लिखी बातों की लम्बाई-चौड़ाई से ही पता लग जाता था कि ग़ुस्से में लिखी गई है या प्यार से! अब तुम बात कर लो!'

लड़के ने फ़ोन पर बात शुरू की...अंकल जी मुस्कराते हुए बैठे रहे! कुछ देर में अंकल जी ने लड़के के कंधे पर हल्की-सी चपत लगाकर उसका ध्यान अपनी तरफ़ दिलाया और उबासी लेते हुए मुँह के आगे हाथ लगा दिया। लड़का बात करते-करते हँस पड़ा!

अंकल जी अगले स्टेशन पर उतर गए। अब लड़का फ़ोन पर अंकल जी की कही गई बातें दोहरा रहा है!

87

"याद है तुम्हें। हमको खेत से काम करके वापस आने में अँधेरा हो जाता था तो तुम कैसे परेशान हो जाती थी?" राजीव चौक मेट्रो स्टेशन की चकाचौंध को देखते हुए, बुज़ुर्ग ने अपनी पत्नी से पूछा।

जवाब मिला—"गाँव था...अँधेरा अपने बखत से हो जाता था, दिल्लीवालों को देखो, अँधेरा ही नहीं होने देते!"

बुज़ुर्ग ने किसी दार्शनिक की तरह कहा—"अँधेरा होने से कौन रोक सकता है पगली, हाँ बस ये है कि यहाँ अँधेरा दिखता नहीं है, लेकिन होता ज़रूर है!"

यह जोड़ा नोएडा-वैशाली की तरफ़ जानेवाले प्लेटफ़ॉर्म के पास एक कोने में खड़ा है। बुज़ुर्ग ने कुर्ते की जेब से छोटा-सा मोबाइल निकाला और उसे देखने लगे। पत्नी ने छेड़ा—"इसको देखने से दमाद का फ़ोन आ जाएगा क्या?" वे बोले—"पता नहीं...सुन्दर ने तो यही कहा था कि राजीव चौक पर उतर जाना, वहीं मैं आऊँगा...देखते हैं, आ ही जाएगा!"

अब इन्तज़ार के क्रम में ये दोनों आसपास के नज़ारे देख रहे हैं, एक एडवोकेट लड़की अपनी यूनीफ़ॉर्म में है, और उसके साथ एक लड़का है जिसके बाल बहुत बड़े हैं और उसने हेयर बैंड लगा रखा है, उन दोनों को देखकर बुज़ुर्ग ने धीरे से कहा—"उलटा ज़माना आ गया है!" अबकी बार वृद्धा ने दार्शनिकता से कहा—"उलटा नहीं हुआ है, ज़माना बदल गया है!" बुज़ुर्ग ने मुस्कराते हुए कहा—"बदल तो हम भी गए हैं पगली, गाँव में कहते हैं कि बिटिया के घर का पानी नहीं पीना चाहिए और आज देखो दिल्ली में बेटवा के यहाँ आए तो बिटिया के यहाँ ले जाने के लिए दमाद का इन्तजार कर रहे हैं। शहर में सब कुछ बदल जाता है!"

वृद्धा ने कहा—"मुझे भी लग रहा है कि ठीक नहीं कर रहे हैं हम, अच्छा

सुनो। जब गाँव वापस जाएँगें तो मारे बाहबाही में किसी के सामने बक मत देना कि हम बिटिया-दामाद के यहाँ भी गए थे एक दिन के लिए!" बुज़ुर्ग ने छेड़ा—"क्या हो जाएगा, किसी से डरते थोड़ी ना हैं हम!" वृद्धा ने अपना पक्ष रखा—"डरने की बात नहीं है, पारसाल मुलिया की माई बम्बई में अपने दमाद के घर गई थी तो मैंने बहुत ताने दिये थे उसको। उसे पता चला तो बाल नोंच लेगी मेरे!"

बुज़ुर्ग का फ़ोन बजा, उन्होंने कान से लगाते हुए कहा—"हाँ सुन्दर बेटा... इस तरफ़ खड़े हैं हम, (धीरे से बोले) जहाँ एक लड़की पैंट-बूशट पहनके घूम रही है...हाँ आ जाओ!" मोबाइल कुर्ते की जेब में डालते हुए उन्होंने मेहरारू को छेड़ा—"तुम दिल्ली में रहती तो तुम भी ऐसे ही कपड़े पहनती ना?"

वृद्धा ने ताना दिया—"जिन्दगी में पहली बार तो घर से बाहर ले आए हो...ऊपर से बोली बोल रहे हो!" तभी एक नौजवान ने आकर दोनों के पैर छुए। अब दोनों उसके साथ-साथ नीचे के प्लेटफ़ॉर्म की तरफ़ जा रहे हैं।

88

चेहरा बता रहा है कि इन आँखों ने किसी के हिस्से के आँसू पी लिये थे कभी, हताशा बता रही है कि दुनिया के सारे रंगों में एक रंग कम है और स्वर बता रहा है कि यह पीढ़ी कुछ मामलों में भाग्यवान है जो कि एक-दूसरे का हाथ पकड़े चलती दिख तो रही है। कुछ देर तक सीढ़ियों पर बैठे शून्य को निहारते चचा से जब उनके बेटे ने चलने के लिए कहा तो चचा ने उसे इशारे से रुकने के लिए कहा। बेटे ने खीझते हुए कहा—"बाऊ जी क्या सोच रहे हैं आप...तबसे तीन मेट्रो निकल चुकी हैं...चलिये अब!"

बाऊजी सामने एक-दूसरे में खोए जोड़े को देखते रहे। बेटे ने निगाहों का पीछा किया और बोला—"पहचान रहे हैं क्या किसी को?"

बाऊजी ने कहा—"उसे इमली पसन्द थी, मैं नदी के बग़ल वाले पेड़ से तोड़ कर लाया था उसके लिए। मौका देख के एक टुकड़ा उसे अपने हाथों से खिला पाया था। बहुत शरमाई थी वो!"

बेटा घबरा गया—"किसकी बात कर रहे हैं बाऊजी आप?"

बाऊजी अतीत में खोये स्वर से बोले—" थी एक लड़की गाँव की ही... नाम नहीं बताऊँगा तुम्हें...तुम समझ जाओगे!"

बेटे को मेट्रो स्टेशन के प्लेटफ़ॉर्म की सीढ़ियों पर खड़े होकर अपने बुज़ुर्ग बाप से ऐसी बात सुनने में शर्म आने लगी, लेकिन और कोई रास्ता नहीं था उसके पास। बाऊ जी बोल रहे थे—"देखादेखी बहुत हुई। दूर-दूर से देखकर मुस्कराते रहते थे। पास से एक बार ही देख पाया था जब इमली लाया था उसके लिए। और उसके बाद तो तीन दिन तक दिल इंजन की तरह धड़धड़ाता रहा!"

बेटे ने पूछा—"अब कहाँ हैं वो?"

बाऊजी उसका हाथ पकड़कर खड़े होते हुए बोले—"जहाँ शादी हुई थी

उसकी वहीं होगी। मैंने फिर पता नहीं किया कि कैसी है क्योंकि कुछ भी पता चलता तो तकलीफ ही होती!"

बेटे ने राहत भरे स्वर में कहा—"अच्छा इसीलिए आप गाँव में इमली के पेड़ के नीचे ज़्यादा देर तक बैठते हैं!"

बाऊजी धीरे से बोले—"उसकी शादी के बाद वो पेड़ लगाया था मैंनें!"

बेटे ने कहा—"उस तरफ़ चलिए...मेट्रो आ रही है!"

बाऊजी घूम-घूमकर उस जोड़े को देखते रहे।

89

ओए छोरे माचिस की तिल्ली है के?' यह सवाल सुनते ही आसपास के लोगों ने चौंक कर आवाज़ की दिशा में देखा। एक महिला के चेहरे पर जाकर आवाज़ की दिशा रुक रही थी। महिला ने फिर ये वाक्य दोहराया तो सामने खड़े एक भाई ने कहा—'हमारे पास नहीं है माचिस'। महिला ने मायूस होते हुए कहा—'अरे हो तो दे दे भई...दाँत में दर्द है बहुत!' माचिस की तीली के इस सम्भावित उपयोग पर सब चौंक पड़े।

महिला के बग़ल में बैठे अंकल ने कहा—'मेट्रो में माचिस लेकर कोई थोड़ी न आया होगा!' महिला बोली—'बीड़ी पीनेवाले रस्ता ढूँढ़ लेते हैं भाई साब!' यह सुनते ही जिस भाई ने माचिस के लिए मना किया था, बोल पड़ा—'हम आपको बीड़ी पीनेवाले दिख रहे हैं?' महिला ने अपने बाएँ गाल को दबाते हुए कहा—'अरे भाई हो तो दे दे। बहस ना कर!'

सब शान्त हो गए। भाई अपनी मोबाइल में रील्स देखने लगा, जिनमें एक ही गाने की भरमार थी—'बाडी पे कइल बा अइसन कढ़ाई...कपड़ा के भीतर से।' महिला के बग़ल में बैठे अंकल ने बैग से चश्मा निकाला और मोबाइल पर ताशपत्ती खेलने लगे। सब अपनी-अपनी दुनिया में व्यस्त हुए। महिला ने बड़ी मिन्नत करके एक स्टूडेंट दिख रहे बच्चे से कलम माँगा और कहा कि बेटा ये वापस नहीं दे पाऊँगी। उसने कहा—'कोई बात नहीं आंटी...लेकिन आप करोगी क्या इसका?'

महिला ने कहा—'बेट्टे...दर्द का इलाज और दर्द है'। यह कहते हुए महिला ने कलम की नोंक से अपने बाईं तरफ़ के दाँत खोदने शुरू कर दिए। देखनेवालों ने उधर से नज़रें फेर लीं। महिला ने दो मिनट तक ऐसे करते रहने के बाद अपने झोले में से बॉटल निकाली और पानी मुँह में भरकर कुछ देर मुँह फुलाकर पानी को इधर-उधर घुमाती रही। फिर पानी को निगल लिया।

‘तिल्ली से जल्दी आराम आ जाता’, कहते हुए उसने कलम को दातून की तरह धीरे-धीरे चबाना शुरू कर दिया और थोड़ी-थोड़ी देर पर बोलती रही—‘अभी चला जाएगा दर्द।’ कुछ देर ऐसा करते रहने के बाद महिला ने कलम को वापस झोले में रख दिया। कलम जिस बालक की थी उसकी निगाहों में कई सवाल थे। महिला तक सवालों की आँच पहुँच गई। उसने मुस्कराते हुए कहा—‘कुछ देर में अपने आप बन्द हो जाएगा बेट्टे...ऐसी ही कलम से पढ़-लिखकर तो डाक्टर बनते हैं लोग फिर ऐसी ही कलम से दवाई भी लिखते हैं परचे पर। बहुत ताकत होती है कलम में!’

सब चुप...सब वापस अपनी-अपनी दुनिया में सिर झुकाने लगे। महिला ने बाएँ गाल के नीचे जबड़े को दबाते हुए अज्ञात से सवाल किया—‘सात बज गया के?’ कई लोगों ने एक साथ जवाब दिया—‘पौने सात बजे हैं अभी!’

महिला मुस्कराते हुए बोल पड़ी—‘अभी जाऊँगी जब बर्तन धोने तो मैडम से दर्द की गोली माँग लूँगी!’

आज़ादपुर में वो उतर गई लेकिन तब से दर्द कर रहे दाँत के नीचे कलम घुमाना दिमाग़ में चल रहा है। दर्द को समर्थ-असमर्थ के बीच फर्क करना आना चाहिए।

90

"साला ई सब बड़ा सहर के लोग...रस्ता पूछने पर रंग का नाम बताता है!" कश्मीरी गेट मेट्रो स्टेशन के अन्दर की भूलभुलैया में एक चचा परेशान होकर ये बड़बड़ा रहे थे। उनके बग़ल में एक कन्या और बालक एक-दूसरे से गले मिलकर अलग-अलग रास्तों पर जाने की तैयारी कर रहे थे। बालक ने चचा की आवाज़ सुनी तो पूछ लिया—"क्या प्रॉब्लम है अंकल...कहाँ जाना है आपको?" चचा उसे घूरते हुए बोले—"अरे बेटवा जाना तो बदरपुर है, लेकिन तुम पहिले मिलाप कर ल्यो, फिर चल लेना मेरे साथ!"

कन्या हँस पड़ी। बालक ने कहा—"मैं क्यों चलूँगा आपके साथ। मैं रास्ता बता सकता हूँ बस!"

चचा बोले—"ठीक है...बताओ बदरपुर वाली गाड़ी कहाँ मिलेगी। बस किसी रंग का नाम मत बोल देना तुम भी!"

कन्या बाय बोलकर चली गई। बालक ने चचा को बदरपुर वाली मेट्रो पर जाने का रास्ता समझाया। थोड़ा-बहुत समझ लेने के बाद चचा बोले—"अच्छा बेटवा एक बात बताओ...ई जो लड़कियाँ थी...इससे तुम्हारा बियाह फिट्ट हो गया है क्या?" लड़का शरमाते हुए बोला—"अरे नहीं अंकल...वो तो मेरे साथ पढ़ती है...बस!"

क्षणिक चुप्पी के बाद चचा बोले—"तोहरे लोगन का ज़माना ही ठीक है... आठ तक हम भी पढ़े थे गाँव में...एक लड़की थी हमरे स्कूल में परभौती... अइसे गले मिलना तो दूर, एकाध बार हाथ-वाथ छुआ जाता था न तो लगता था जनम सफल हो गया!"

लड़के ने रुचि के साथ पूछा—"अरे तो अंकल आप उनको पसन्द करते थे तो बोलते ना उनको?"

चचा बोले—"बहुत डर लगता था। लाज आता था हमको, जानते हो

बेटा आठ में पढ़ते-पढ़ते ही बीच में दस दिन ऊ स्कूल नहीं आई। पता चला बियाह हो गया उसका। उसके बहुत दिन बाद आई थी टीसी लेने। तब देखे थे उसको!"

लड़के ने उदासी के साथ पूछा—"आपने उनसे मिलकर उन्हें बाय नहीं बोला?"

चचा बोले—"अरे तब बाय-वाय नहीं बोलता था कोई। बस सबसे छुपके उसको देखता रहा। जब टीसी ले के जाने लगी तो एक बार हमारी तरफ़ देखी थी। बस फिर चली गई। आज तक नहीं देखे फिर उसको!"

लड़का शान्त हो गया। चचा बोले—"जितने रंग का रस्ता मेट्रो में बना है ना ई सारा रंग का कपड़ा पहन-पहन के वो आती थी स्कूल। आजकल के लड़का-लड़की को देखता हूँ मिलते-जुलते तो उसकी याद आती है!"

लड़के ने कहा—"आपने पता लगाया नहीं बाद में कि वो कहाँ हैं... कैसी हैं?"

एक गहरी साँस लेकर चचा बोले—"नहीं बेटा...पता क्या लगाता...बस जबसे ई करोना बीमारी आई है तब से भगवान से यही मनाता हूँ कि परभौती जहाँ भी हो...ठीक रहे...इस बीमारी से बची रहे!"

लड़के ने पूछा—"कितने साल पहले थे आप आठवीं क्लास में?" चचा ने कहा—"उसी साल शास्तरी जी परधानमंत्री बने थे!"

लड़के ने गूगल किया और बोला—"सत्तावन साल हो गए!"

चचा ने कहा—"बेटा अब रस्ता दोबारा बता दो!"

लड़के ने रास्ता समझाया। चचा ने जाने के पहले कहा—"ख़ुश रहो बेटवा...उस बिटिया को टीसी ना लेने देना कभी!"

चचा धीरे-धीरे कदमों से वॉयलेट लाइन की तरफ़ बढ़ गए।

91

चाँदनी चौक मेट्रो स्टेशन के गेट नम्बर तीन के पास एक बुज़ुर्ग खड़े हैं। एक हाथ में बैग और दूसरे में बोरी पकड़ रखी है। चेहरे पर ग़ुस्सा है...अभी-अभी दिल्ली रेलवे स्टेशन से बाहर निकले हैं। मेट्रो गेट के चबूतरे पर सारा सामान रखकर कुर्ते की जेब से एक छोटा-सा मोबाइल निकालाते हैं, नम्बर मिलाते हैं और शुरू हो जाते हैं—"साले नालायक...तोहरा को पढ़ा-लिखाकर यहाँ तक पहुँचाया...और तुम साला बुढ़ौती में बाप को दउड़ा रहा है रे...अबे उल्लू...तुम तो बोला ट्रेन गाजियाबाद में रुकेगी...ई तो साली धूल उड़ाती हुई सीधा दिल्ली में आके रुकी...तुमरा फ़ोन भी नै आया...मतलब कि साला तुम स्टेशन भी नहीं पहुँचा था हमको लेने?"

अब मामला समझ में आया। ये गाँव से बेटे के पास आए हैं। बेटे ने कहा था कि गाजियाबाद स्टेशन पर वो इनको उतार लेगा...और ट्रेन गाजियाबाद रुकी नहीं, दिल्ली आ गई। वे फ़ोन पर अभी भी बेटे को हड़का रहे थे—"छुट्टी का दिन है तो का बाप को भूल जाएगा रे नालायक...अब ऐसा कर...पहले तू सुत ले...बाप का क्या है...यहीं बैठा रहेगा सड़क पर!" यह कहकर उन्होंने फ़ोन काट दिया।

चचा को ऑटो और टैक्सी वालों ने घेर लिया है। उन सबका वश चले तो चचा को टुकड़े-टुकड़े करके सब एक-एक टुकड़ा अपने-अपने ऑटो में ले जाएँ लेकिन ऐसा फ़िलहाल होता दिख नहीं रहा था। चचा बोल रहे थे—"अरे हमको एक आदमी बताया है कि मेट्रो धर लो, सस्ता पड़ेगा। अब तुम सब बताओ, मेट्रो जेतना पइसा में ले जाएगा, तुम सब ले चलेगा?" ऑटो वालों ने सिरे से इनकार कर दिया। चचा बोले—"तब हमरे पास से हट जाओ सब!" सब ऑटोवाले बड़बड़ाते हुए चले गए।

चचा का फ़ोन बजा। बेटे का ही फ़ोन था। चचा ने उठाया। आवाज़

में गुस्सा थोड़ा कम हो गया था, टेंशन भर आई थी—“बेटा...तुम तो बोला था कि तुमने मोबाइल पर देखा है। ट्रेन रुकती है गाजियाबाद, अब बताओ हम का करें। एक आदमी बोला मेट्रो पकड़ लो लेकिन दुइ जगह बदलनी पड़ेगी। अब तुम बताओ का करें?” बेटे ने पूछा कि आप स्टेशन से बाहर निकलकर किस जगह खड़े हैं, चचा ने बताया कि मेट्रो स्टेशन का गेट नम्बर तीन है, सामने सड़क है। बेटे ने फ़ोन काट दिया। दो मिनट बाद फिर फ़ोन किया, कुछ बताया। चचा बोले—“अरे...कइसे...ऊ हमको चीन्हेगा कइसे... बाह...अच्छा!”

तीन-चार मिनट बाद चचा का फ़ोन बजा, चचा के चेहरे पर कौतूहल था—“हाँ हैलो...अच्छा...हाँ...यहीं पर हैं हम...देखिएगा...बैग है...बोरी है अउर हम हैं...हमने? कुर्ता पहन रखा है...सफ़ेद...हाँ!” बात करते-करते ही चचा के सामने एक कैब आकर रुकती है...चचा बैग और बोरी पीछे रखते हैं और आगे बैठने से पहले अपने बेटे को फ़ोन लगाते हैं—“तुम कार कब ले लिया रे...बताया भी नहीं?”

कैब वाला उनको बैठाकर मुस्कराते हुए आगे बढ़ गया।

92

जब से ये जोड़ा मेट्रो स्टेशन की सीढ़ियाँ उतर रहा था तब से इन पर नज़र गड़ा रखी है मैंने। नायिका जितनी बेपरवाह-सी है, नायक उतना ही सतर्क। जब अपने-अपने चेक प्वाइंट से दोनों ने एंट्री ले ली तो नायक ने नायिका को रोका; अपने बैग से लगभग आधा लीटर का गुलाबी कलर के सैनिटाइज़र की स्प्रे बॉटल निकाली और नायिका के हाथों पर स्प्रे किया। नायिका ने कहा—'अरे बाबा...अभी-अभी तो एंट्री से पहले सैनिटाइज़ किया था?' नायक ने गम्भीरता के साथ कहा—'तो क्या हुआ। जिस स्कैनर से ये चेक करते हैं उससे हमसे पहले कितनों को चेक किया गया होगा!' यह तर्क देते हुए नायक ने अपना बैग और नायिका का पर्स भी सैनिटाइज़ किया। कार्ड टच कराने के बाद अपना और उसका मेट्रोकार्ड भी सैनिटाइज़ किया और सैनिटाइज़र की बॉटल हाथ में लिए-लिए ही प्लेटफ़ॉर्म की स्वचालित सीढ़ियाँ उतरता गया। प्लेटफ़ॉर्म पर खड़े होकर नायिका ने कहा—'ये कुछ ज़्यादा नहीं कर रहे हो तुम?' नायक अभी तक गम्भीर था—'केस भी तो ज़्यादा हैं दिल्ली में!'

मेट्रो आई। बैठने से पहले नायक ने सीटों को सैनिटाइज़ किया। बैठने के बाद नायिका ने पर्स से मोबाइल निकाला और कुछ देखकर मोबाइल बीच की ख़ाली पड़ी सीट पर रख दिया। नायक चिढ़ गया, उसने नायिका के मोबाइल को दसों दशाओं से सैनिटाइज़ किया। नायिका उसे चुपचाप घूरती रही। नायिका ने कहा—'आकाश...अब सैनिटाइज़र बैग में रख लो...बहुत हो गया!' आकाश ने बैग में रखने से पहले अपने हाथों को सैनिटाइज़ किया। नायिका को भी ऑफ़र दिया लेकिन उसने ऐसा घूरा कि दोबारा नायक की हिम्मत नहीं हुई और बॉटल बैग में रख दी गई।

नायिका ने नायक का हाथ अपने हाथों में लेते हुए कहा—'जब तुम्हें इतना ही डर लगता है तो घर से बाहर मत निकला करो!' नायक चुप रहा।

नायिका ने पूछा—'अब क्या हुआ?' नायक ने अब भी कुछ नहीं बोला। नायिका ने जब दो-तीन बार पूछा तो नायक ने कहा—'देखो बुरा मत मानना। अभी जब तुम्हें मेरा हाथ पकड़ना ही था तो तुमने हाथ सैनिटाइज़ कराने से मना क्यों कर दिया?'

नायिका ने तुरन्त झटककर हाथ छोड़ दिया और अगले स्टेशन पर ही उतर गई। नायक पीछे-पीछे 'अरे-अरे' करता हुआ उतरा। अब शायद हाथों को सैनिटाइज़ करके, हाथों को जोड़कर माफ़ी माँग रहा होगा।

93

मेट्रो में ईयरफ़ोन में उलझकर एक सुन्दरी के मास्क की डोर टूट गई। इकलौता मास्क उसके रुखसार पर झूलने लगा। "बिना मास्क यात्रा करना दंडनीय अपराध है" जैसी आवाज़ें उसे कुछ ज़्यादा ही सुनाई देने लगीं। सामनेवाली सीट पर बैठे अंकल जी ने उसे सलाह दी—"बेटा, रूमाल है तो बाँध लो चेहरे पर!" सुन्दरी ने कहा—"नो अंकल, रूमाल नहीं है, टिश्यू पेपर है!" अंकल चुप हो गए, शायद वे कोई नई तरकीब सोचने लगे।

कन्या परेशान हो रही थी, पूरी मेट्रो में लोग मास्क लगाये हुए थे पर उसका मास्क लटक गया था। हर स्टेशन पर मेट्रो रुकने पर वो मास्क को खींचकर कान के पास हाथ से थाम लेती, हाथ हटाने पर दस-पाँच सेकेंड के अन्दर मास्क वापस झूलने लगता। अब एक बुज़ुर्ग महिला का ध्यान उस ओर गया, उन्होंने दुपट्टे के महत्त्व पर प्रकाश डालते हुए, आजकल के फैशन को कोसना शुरू किया। और उन्हें लगा कि उनकी आवाज़ मास्क की वजह से मेट्रो के अन्तिम यात्री तक नहीं पहुँच पा रही है तो उन्होंने मास्क हटाकर बोलना शुरू किया; लगातार नई पीढ़ी की लड़कियों को लक्ष्य करके उन्होंने ताने जारी रखे।

उनको सुनते हुए कन्या ने भी लगातार अपने मास्क की टूटी हुई डोर को खींचकर हाथ से पकड़े रखा। अगले स्टेशन पर कन्या उतर गई। लेकिन आंटी जी ऑन थीं, उसके जाने के बाद वे और मुखर हो गईं और उन्होंने बताया कि लड़कियाँ जींस-टॉप लड़कों को दिखाने के लिए पहनती हैं। आंटी की समाजशास्त्रीय विवेचना के दौरान ही दूसरे कोच से मास्क चेक करनेवाला दस्ता इस कोच में आया, और आंटी को पता ही नहीं चला।

अब आंटी का पाँच सौ रुपये का चालान कट गया है, चालान के पैसे ना देने के तमाम बहाने वे बना रही हैं, उनका कहना है कि बस पानी पीने

के लिए उन्होंने मास्क हटाया था, लेकिन उनके पास पानी की बॉटल तो क्या पानी की एक बूँद भी नहीं दिखने से चालान दस्ता भरोसा नहीं कर रहा था। सामनेवाले अंकल जिन्होंने कन्या को रूमाल वाला आयडिया दिया था, वे अब बोले—"सर...ये मैडम पन्द्रह मिनट से मास्क हटाकर बकवास किये जा रही हैं, जबकि इनकी बात कोई नहीं सुन रहा है!"

ऐसी चुस्त गवाही के बाद आंटी जी ने मजबूरन पाँच सौ का नोट निकालकर अपनी रसीद प्राप्त की। अगले स्टेशन तक सन्नाटा रहा। अगले ही स्टेशन पर अंकल उतर गए, उनके उतरने के साथ ही आंटी ने मास्क हटाए बग़ैर कहा—"हरामी बुड्ढा।"

कुछ लोग हँस पड़े।

94

राजौरी गार्डन मेट्रो स्टेशन के अन्दर एक जोड़ा खड़ा है। कन्या मास्क लगा रही है तो नायक हटा दे रहा है, कहता है—"जुर्माना भर देंगे, लेकिन देखने दो!" कन्या खिलखिला रही है।

कन्या ने नायक के बालों में उँगलियाँ घुमाते हुए कहा—"हम कब तक इस तरह मिलते रहेंगें, कितने संडे ऐसे बीतेंगें हमारे?"

नायक जवाब नहीं दे रहा। बस चुप है। नायिका बोले जा रही है—"कभी-कभी सोचती हूँ कि उस रात अम्मी-अब्बू मुझे लेकर तुम्हारे घर में नहीं छुपते तो आज हम ऐसे नहीं मिल पाते!"

नायक सिहर सा गया—"मैं भी समझ नहीं पाता कि उस रात को याद करके डरूँ या ख़ुश हुआ करूँ। मोहल्ले के लोग पागल हो गए थे। पॉलिटिक्स साली जो ना करा दे!"

नायिका की उँगलियाँ रुक गईं, बोली—"मुझे पहले तो लगा कि आंटी को हमारा आना अच्छा नहीं लगा, लेकिन कुछ देर बाद वो भी अम्मी जैसी लगने लगी थीं!"

नायक ने हँसते हुए कहा—"जब डैडी ने बताया कि उनके फ्रेंड हैं शाकिब अंकल, वो आ रहे हैं यहाँ रहने, जब तक सब ठीक नहीं हो जाता, तो मम्मी ने बहुत ग़ुस्सा किया था, लेकिन डैडी के सामने किसी की भी नहीं चलती!"

नायिका ने कहा—"आज हम कैसी बातें करने लगे ना?"

नायक बोला—"तुमने ही शुरू की!"

नायिका ने आसमान की तरफ़ इशारा करके कहा—"आज की शाम देखकर ना जाने क्यों वो शाम याद आ गई। छोड़ो कुछ और बातें करते हैं!"

नायक ने कहा—"अगले संडे कहाँ चलेंगें?"

नायिका ने कहा—"घर से उतनी ही दूर, जितनी दूर अम्मी-अब्बू मेरी किसी फ्रेंड का घर सोच सकें!"

नायक ने मायूस होते हुए कहा—"कभी किसी और बहाने से आओ ना?"

नायिका ने हँसते हुए कहा—"ठीक है। नेक्स्ट संडे बोल दूँगी कि वर्मा अंकल के घर जा रही हूँ!"

दोनों के हँसने से शाम नई हो गई।

95

शाम के समय शालीमार बाग मेट्रो स्टेशन की सीढ़ियाँ उतरते ही पीपीई किट पहने दो कर्मचारी दिखे। एक लोगों का तापमान चेक करने के लिए गन जैसा कोई यंत्र लिये बैठा था और उससे कुछ दूरी पर दूसरा बैग्स को सैनिटाइज़ करने के लिए बैठा था।

यात्रियों की जाँच के लिए एक सरदार जी लगे थे। लगभग सात बजे के आसपास एक कर्मचारी जो लोगों के तापमान चेक करने बैठा था, वो खड़ा हुआ। सामनेवाले एक रूम में गया। पाँच मिनट बाद हाथ-मुँह धोकर वापस आया। हाथ में एक डिब्बा था, जिसमें खजूरें रखी हुई थीं।

सभी कर्मचारियों को उसने खजूर खिलाई। सरदार जी ने खजूर लेते हुए 'जुमा मुबारक' कहा। महिलाओं को चेक करने के लिए लगी महिला कर्मचारी ने पर्स से चॉकलेट निकालकर उसको देते हुए कहा—"हैप्पी बर्थडे शादाब...ऐंड जुमा मुबारक!"

सबसे वरिष्ठ कर्मचारी ने मुझसे पूछा—"आप इतनी देर से यहाँ क्यों खड़े हैं। प्लेटफ़ॉर्म पर जाना नहीं है...?"

मैंने कहा—"सर...बाहर किसी एटीएम में पैसे नहीं मिले। इसलिए मैं एटीएम आया था। मुझे कहीं जाना नहीं है!"

खजूर खाने के बाद सबने पानी पीया। शादाब अपनी ड्यूटी पर वापस बैठने लगा तो उस वरिष्ठ कर्मचारी ने कहा—"अरे जाकर नमाज़ भी पढ़ लो शादाब मियाँ। ये काम मैं कर देता हूँ। वैसे भी अब कौन आएगा इस टाइम!" शादाब दोबारा उसी कमरे में चला गया।

आसपास फैले अवसाद को ये सात-आठ कर्मचारी मुँह चिढ़ाते हुए हँसने लगे...

96

रोज़ की तुलना में मेट्रो आज सूनी है। इतना सूनापन डराता है। हालाँकि आज दिल्ली में कर्फ़्यू है, लेकिन ज़िन्दगी तो चल ही रही है और कुछ ज़िन्दगियाँ लड़खड़ा रही हैं तो उन्हें सँभालने की कोशिश में कई ज़िन्दगियाँ लगी हैं। इस क्रूर समय में यही एक खूबसूरत बात है।

मेट्रो में एक लड़का हैरान-परेशान है। बार-बार पानी पी रहा है। लगातार कहीं फ़ोन मिलाने की कोशिश कर रहा है, खीझ रहा है। बात नहीं हो पा रही है। एकाध जगह बात हुई तो 'सलाम वालेकुम' के आगे नहीं हो पाई। मास्क के ऊपर आँखें गीली हैं। माथे पर पसीने की सीलन है। एक जगह बात होने लगी, लड़के के स्वर में घबराहट, गिड़गिड़ाहट थी—"सलाम वालेकुम भाई...आकिब बोल रहा हूँ। हाँ भाई...एक काम था भाई...हाँ अम्मी हार्ट पेशेंट हैं ना...हाँ तो आज साँस लेने में प्रॉब्लम हो रही है...हाँ डॉक्टर ने कहा कि ऑक्सीजन सिलेंडर का इन्तज़ाम करो...घर पर ही रखो...ऐसे वक़्त में कहीं ले जाने में भी ख़तरा ही है...हाँ भाई...नहीं...हमारी तरफ़ तो सात-आठ हज़ार देने पर भी नहीं मिल रहा...ना...अरे उस वक़्त तो साढ़े चार में ही हो गया था...नहीं भाई...कुछ कीजिए...प्लीज़...मैं इन्तज़ार करूँगा!"

इस फ़ोन के बाद उसके माथे की एक-दो लकीरें कम हो गईं। उसने फिर पानी पीया और मोबाइल में ही कुछ टाइप करने लगा। सामने बैठे एक अंकल जी लगातार उसे नोटिस कर रहे थे। उन्होंने थोड़ी देर तक देखने के बाद कहीं फ़ोन मिलाया—"हैलो...हाँ रजत भाई...और बता कैसा है यार...अच्छा सुन ऑक्सीजन सिलेंडर का इन्तज़ाम कर देगा क्या भाई...है कोई ज़रूरतमन्द...हाँ!" सामने बैठा आकिब चौंक जाता है और उम्मीद भरी निगाहों से अंकल की तरफ़ देखने लगता है। अंकल ने पाँचों उँगलियों से इशारा करके बताया 'पाँच हज़ार का एक पड़ेगा।' आकिब ने हाथ जोड़कर हामी भरी। अंकल फ़ोन

पर बोले—"ठीक है...दो मिनट में वापिस कॉल करता हूँ...चल...ओके!"

आकिब हाथ जोड़े खड़ा हो गया। अंकल ने कहा—"बेटा...मैं एड्रेस देता हूँ, चला जा। अपना नाम और नम्बर दे दे मुझे। मैं रजत को बोल देता हूँ। जाकर माँ की सेवा कर...भगवान सब ठीक करेगा!" आकिब की आँखों में आँसू आ गए। वो हाथ जोड़े खड़ा रहा। अंकल ने उठकर उसके हाथ पकड़े और कहा—"बेटा...मुश्किल समय है, गुज़र ही जाएगा!" आकिब ने अपना नम्बर और पता बताया। अंकल ने रजत को मैसेज भेजकर फ़ोन कर दिया और सामने बैठे आकिब की हथेली पर अपनी जेब से सैनिटाइज़र निकालकर टपकाया और खुद भी लगाया, और बोले—"हिम्मत रख बेटे... ये करोना भैंचो जाएगा ही कभी ना कभी!"

आकिब ने शुक्रिया अदा किया तो चचा बोले—"अरे तू फ़ोन पर बात ना करता तो पता ही ना चलती तेरी परेशानी। ये भैंचो मास्क के पीछे सबने अपनी-अपनी प्रॉब्लम छुपा रखी है!"

मेट्रो में पसरे सूनेपन को ज़िन्दगी ने मानो ठोकर मार दी।

97

नायक परेशान हाल में बैठा है, हाल ही में उसके किसी दोस्त की कोरोना से मृत्यु हो गई है, आँखों में आँसू भरे हैं। सिर झुका हुआ है।

नायिका के पास एक बैग रखा हुआ है, रेलवे स्टेशन जाना है उसे, उसका देहरादून जाना ज़रूरी है क्योंकि पूरा परिवार कोविडग्रस्त है, उनकी देखभाल करनेवाला कोई नहीं है। नायक और नायिका की बातों से यह भी पता चल रहा है कि मरनेवाला दोनों का सहपाठी था। और इधर नायक की मम्मी भी हॉस्पिटल में हैं कोविड की वजह से, आवाज़ में डर है...लड़खड़ाहट है... चिन्ता है...नायक उसको स्टेशन तक पहुँचा कर वहीं से हॉस्पिटल जाएगा। वहाँ भी जाकर क्या करेगा। मम्मी से मिलने ही नहीं देते हॉस्पिटल वाले।

अचानक नायिका का मोबाइल बजता है। स्क्रीन पर उभरे नाम और नम्बर को देखकर नायक के माथे पर कुछ लकीरें बनती हैं और वो मुँह फेरकर कहता है—"कर लो बात!"

नायिका किसी 'साहिल' से बात करने लगती है। सारा हाल सुनाती है, मरनेवाले की बातों को याद करके उसकी आँखें भी भर आती हैं। पूरा माहौल अवसाद से भर जाता है। बात करते-करते नायिका साहिल से कहती है—"हाँ...विनीत मेरे साथ ही है...हाँ यार ठीक है...हम्म...इसकी मम्मी को भी कोविड हो गया है, प्लाज़्मा की ज़रूरत है...तुम्हें नहीं पता...नहीं मानेगा यार...ओह..अच्छा...मैं ट्राई करती हूँ...होल्ड करोगे...या फिर रुको मैं कॉल बैक करती हूँ...ओके!"

यह कह के नायिका ने विनीत से कहा—"सुनो। मेरी बात...और पूरी बात पहले सुन लेना, बीच में मत टोकना!"

विनीत नायिका की तरफ़ देखने लगता है, नायिका ने कहना शुरू किया—"साहिल कोविड से ठीक हुआ है, उसे जैसे ही पता चला आंटी को

प्लाज़्मा की ज़रूरत है उसने फटाक से कहा कि मैं दूँगा आंटी को प्लाज़्मा!" विनीत बीच में बोल ही उठा—"पर!" नायिका ने नायक का हाथ अपने हाथों में लेकर कहा—"देखो...तुम मानते हो ना ग़लती तुम्हारी थी। दोस्तों में हो जाती है कहासुनी। और अब सोचो तो वो कोई टॉपिक भी नहीं था। मतलब पॉलिटिकल बातों पर तुम लोग लड़ लिये। और तुमने हाथ उठा दिया। सुनो... भूल जाओ इन बातों को!" विनीत की आवाज़ गिरने लगी—"मैंने तो कई बार सोचा कि साहिल से माफ़ी माँगू यार...लेकिन ना जाने क्या ईगो है जो मुझे रोक लेता है!"

उसके हाथों को सहलाते हुए नायिका ने कहा—"कोई बात नहीं...तीन साल हो गए इस बात को, सुनो...लो तुम साहिल से बात कर लो। मुझे स्टेशन छोड़कर हॉस्पिटल जाओ। उसे वहीं बुलाओ। आंटी को प्लाज़्मा दिलवाओ और वहीं उसे सॉरी भी बोल देना!"

विनीत ने हाँ में सिर हिलाया। नायिका ने साहिल का नम्बर मिलाया और मोबाइल विनीत को दे दिया। विनीत ने जिस तरह से "हैलो साहिल...कैसा है यार" बोला, लगा जैसे कोई पश्चात्ताप किसी उम्मीद से बात कर रहा है।

नायिका ने पॉकेट से सैनिटाइज़र निकाला, अपने और विनीत के हाथों पर लगाया, आँसू की लकीर मास्क के अन्दर रास्ता बनाने की कोशिश में है।

98

मंडी हाउस की उदास-सी शाम। मेट्रो के गेट नम्बर एक के बाहर लड़के-लड़कियों का एक समूह खड़ा है। उनके बीच जैसे एक रिक्त-सा है जो शाम को और बेचैन बना रहा है। इस समूह की एक लड़की रोये जा रही है, एक दूसरी लड़की उसे चुप करा रही है, एक लड़का पानी का बॉटल आगे बढ़ाना चाह रहा है। बाक़ी दो लड़के सिर झुकाए खड़े हैं। रोती हुई लड़की बोली—"कभी नहीं सोचा था कि अरुण के बिना मंडी हाउस आना पड़ेगा!" इस वाक्य को पूरा करते-करते उसके आँसू हिचकियों की पोटली में बँध जाते हैं।

एक लड़का बोलता है—"याद है, जब लास्ट टाइम हम मिले थे, उस पार्क में बैठे थे। अरुण अपनी मम्मी के हाथ के बने हुए आलू के पराँठे लाया था हम सबके लिए और कैसे हम सबने वीडियो कॉल करके आंटी को थैंक्स बोला था!"

दूसरी लड़की कहती है—"यार मत याद दिलाओ वो सब प्लीज़...अनन्या लो तुम पानी पी लो। प्लीज़ अब चुप हो जाओ!"

दूसरा लड़का पानी का बॉटल आगे बढ़ाते हुए कहता है—"अरुण के जाने के बाद किसी की बात हुई अंकल-आंटी से?"

अनन्या ने मास्क हटाकर पानी का एक घूँट गले में रोक रखा था। पानी के साथ आँसुओं को भी निगलते हुए बोली—"एक दिन मेरी बात हुई थी अरुण के भाई से और वो मुझे भाभी कहते-कहते रुक गया!" यह वाक्य बहुत वजनी था। अनन्या की ज़बान लड़खड़ाकर आँसुओं में गिर गई। उसने फिर पानी पीया और बोली—"अरुण अब कभी वापस नहीं आएगा। इस कोविड ने बहुत कुछ छीना है हमसे!"

कुछ देर के लिए फिर खामोशी आई। अनन्या बोली—"हे गाइज़, चलो ना सामनेवाले पार्क में बैठते हैं कुछ देर...वहाँ तो अरुण आएगा ही, उसकी

फेवरेट जगह है। जब देखो वहाँ सेल्फी ही लेता रहता था। चलो ना प्लीज़... चलते हैं थोड़ी देर के लिए!"

पूरा समूह सिर झुकाए पार्क की तरफ़ चल पड़ता है। रास्ता भी एक जोड़ी कदमों की कमी को महसूस करके सुस्त-सा पड़ा है। सामने सूरज डूब रहा है। अनन्या कहती है—"अरुण हमेशा कहता था कि उगते सूरज को अरुण कहते हैं समथिंग लाइक दैट!"

99

गुरु तेगबहादुर नगर (जीटीबी नगर) मेट्रो स्टेशन के गेट नम्बर दो के पास एक चायवाला है। उसके पतीले में चाय उबलती ही रहती है। एक प्याली चाय के लिए अपनी-अपनी जेबों में हाथ डाले कई लोग वहाँ खड़े हैं। चेहरे पर ऐसा भाव मानो दिल्ली की सर्दी को जेब में दबा रखा है। कुछ ऐसे भी हैं जो मोबाइल पर नज़रें गड़ाए हैं, न तो उन्हें ठंड लग रही है और न ही अपनी प्याली पाने की ही जल्दी है।

इन्हीं लोगों के बीच एक युवा अपने माँ-बाप के साथ खड़ा है। माँ का चेहरा चिन्तित है, पिता का चेहरा जम चुका है। माँ का कहना है—"आप भी कहिये ना कुछ...आप तो चुप हैं?"

पिता के जमे चेहरे पर थोड़ी-सी नर्म रेखाएँ उभरती हैं—"जब ये कह रहा है तो ज़रूरी ही होगा, मैं क्या बोलूँ इसमें!"

माँ की चिन्ता स्पष्ट है—"कोरोना के आगे ऐसा भी क्या ज़रूरी है, घर चल ले...एक महीने बाद वापस आ जाएगा। ज़्यादा से ज़्यादा यही तो होगा ना कि एक महीने का किराया फालतू चला जाएगा?"

युवा बोलता है—" मम्मी आप समझ नहीं रही हैं...बात किराया की नहीं है। यहाँ एक रूटीन बना है, वो डिस्टर्ब हो जाएगा गाँव जाकर!"

माँ ने समाधान दिया—"बेटा...छत वाले कमरे पर रहना...मैं चाय-नाश्ता-खाना-पानी सब दे जाया करूँगी। तुम्हें घर के किसी काम से कोई मतलब नहीं रहेगा। अपनी पढ़ाई करते रहना। लेकिन मेरी बात मान लो। अभी चल लो हमारे साथ...एक महीना बाद बुलाया ही है डॉक्टर ने, तब हमारे साथ ही आ जाना!"

पिता ने भी अपनी इच्छा जोड़ी—'चल लो बेटा सौरभ...घर पर ही पढ़ाई कर लेना!"

सौरभ के चेहरे पर चिढ़ है, माँ के चेहरे पर चिन्ता है। पिता का चेहरा सर्द है। तभी चायवाला आवाज़ देकर बुलाता है। तीनों चुपचाप चाय पीने लगते हैं वहीं पर खड़े लड़के-लड़कियों के समूह में बात चल रही है कि वीकएंड में पूरी दिल्ली में लॉकडाउन रहेगा। हो सकता है अगले हफ़्ते से टोटल लॉकडाउन लग जाए।

चाय को फूँक मार रही माँ रुक जाती है। और बेटे की आँखों में अपनी आँसू भरी आँखों से देखती है। सौरभ के चेहरे पर इनकार और गहरा होता है। पिता अपनी चाय पीते रहते हैं। सबसे पहले चाय पी लेने के बाद पिता ने निर्णायक की तरह बेटे से कहा—"चल लो सौरभ। हमें ये तो पता है कि किसी लड़की से तुम बात करते हो फ़ोन पर, दो दिन से हमारे आने पर कम बात कर पा रहे हो इसीलिए चिढ़ भी रहे हो। घर चल लो...ऊपरवाले कमरे में रहना। बात करना। पढ़ाई करना। अभी हम कुछ नहीं पूछेंगे कि वो लड़की कौन है। लेकिन कोरोना के माहौल में चल लो यहाँ से!"

सौरभ के चेहरे का रंग उड़ जाता है। लगभग हकलाते हुए कहता है—"लेकिन मेरा टिकट तो है नहीं?"

माँ के पास समाधान होता ही है—"मेरी सीट पर सो जाना। मैं बैठकर चल लूँगी। तुम्हारे पापा टीटी से बात कर लेंगें!"

सौरभ चायवाले के पैसे देने गया। माँ ने पिता से कहा—"इससे अच्छी चाय बनाकर पिलाऊँगी घर पे!"

पिता चायवाले के पैसे देने गए सौरभ को मोबाइल पर कुछ टाइप करते हुए देखते रहते हैं।

100

मेट्रो के अन्दर आते ही उसने हिजाब हटा दिया और कुछ देर तक आँखें बन्द करके बैठी रही। आसपास की नज़रों की आदत तो कब की पड़ चुकी होगी। शायद इसीलिए बेपरवाही चेहरे पर हाज़िर है। थोड़ी सी रिलैक्स होने पर आँखें खोलीं और मोबाइल पर कोई नम्बर डायल कर के कान से लगाया—'हैलो... कहाँ हैं आप...हाँ जी...मैंने झिलमिल स्टेशन से मेट्रो ले ली है...आप वेलकम स्टेशन पर खड़े हैं ना...चलिए जब वेलकम आनेवाला होगा तो कॉल करूँगी!'

चेहरे पर एक मुस्कान लेकर उसने आसपास बस एक यूँ ही सी नज़र डाली और फिर आँखें बन्द कर लीं। जब मेट्रो शाहदरा से निकली तो उसने दोबारा कॉल की—'हाँ जी...बस अगला स्टेशन वेलकम ही है...पीछे से दूसरे डिब्बे में हूँ!'

वेलकम स्टेशन से कुल चार-पाँच लोग ही आए। जिनमें से एक लड़का मुस्कराते हुए आगे आया और कन्या से लिपट गया। दोनों ने एक-दूसरे को 'रमज़ान मुबारक' कहा और बातें करने लगे! कन्या कह रही है—'देखिए रोज़ तो यह मुमकिन नहीं होगा ना कि हम साथ ही रोज़ा खोलें। घर से रोज़ इफ़्तार के वक़्त निकलने में ख़तरा है। वादा तो नहीं करती लेकिन हर तीसरा रोज़ा हम साथ खोलेंगे। इंशाअल्लाह!'

लड़का उदासी सँभालते हुए बोला—'कोई बात नहीं...मैं समझ सकता हूँ!'

जब लड़का यह बोल रहा था तो मेट्रो कश्मीरी गेट स्टेशन पर रुकी थी। दरवाज़े खुले थे। अज़ान की आवाज़ कहीं से आ रही थी और कन्या ने उसका हाथ पकड़ रखा था। दोनों मुस्करा रहे थे!

101

दरअसल हुआ यह था कि मेट्रो में नायिका मुँह पर कस के दुपट्टा बाँधे हुए थी, अब ऐसे में साँसें कैसे ले रही थी ये तो वो ख़ुद जाने या ख़ुदा जाने! हाँ उसकी जींस घुटनों से नीचे तक तीन अलग-अलग रोशनदानों से युक्त थी!

बग़ल में बैठा नायक बदमाश टाइप का लग रहा था। रह-रहकर नायिका की बाहों में मुक्का मारे जा रहा था और नायिका ने एक-दो बार 'मत करो' कहा फिर बिलकुल चुप होकर सिर झुकाए बैठी रही!

कुछ मुक्के मारने के बाद नायक मोबाइल पर बिजी हो गया। किसी से बात कर रहा था—'हाँ यार...बकरीद मस्त जा रही है भाई अपनी तो...हाँ... हाँ...बकरीद पर चाँद के ही साथ हूँ...नहीं भरोसा हो रहा है ना तो वीडियो कॉल कर...हाँ कर!' फ़ोन कटने के तुरन्त बाद वीडियो कॉल आई। नायिका वैसे ही सिर झुकाए बैठी रही। नायक ने वीडियो कॉल करनेवाले दोस्त को अपने चाँद को दिखाने की बहुत कोशिश की लेकिन चाँद ने सिर ऊपर ही नहीं उठाया। फ़ोन कट गया!

अब नायक को और ग़ुस्सा आया। उसने नायिका के चेहरे पर बँधे दुपट्टे को खींचने की कोशिश की। नायिका ने ज़ोर से उसका हाथ झटक दिया। नायक को नायिका से सरेआम ऐसे प्रतिरोध की अपेक्षा नहीं थी। इस प्रतिरोध ने उसका ग़ुस्सा और बढ़ा दिया! अब नायक ने नायिका के घुटने के ऊपर जींस में बने रोशनदान के अन्दर ऊँगली डाल कर उसे खींच दिया जिससे रोशनदान का क्षेत्रफल बढ़ गया। नायिका ने आव देखा न ताव, चटाक से एक झापड़ नायक के गाल पर जड़ दिया। नायक समेत आसपास का पूरा माहौल सन्नाटे में आ गया!

अब नायक सिर झुकाए बैठ गया। नायिका ने चेहरे से दुपट्टा हटाया और आश्चर्यजनक रूप से दहाड़ने लगी—'बहुत दिमाग़ ख़राब कर रखा है

तुमने, एक तो बकरीद वाले दिन ज़बरदस्ती मिलने को बुलाया। किसी तरह छिपते-छुपाते आई तो फिर मुक्का मारना शुरू। ये कैसा प्यार है...चाँद... चाँद...क्या है ये चाँद...बड़ा शौक है ना चाँद बनाने का तो कुछ कर लो पहले ज़िन्दगी में...सारी रात प्याज़ और लहसुन छीला घर पर...बड़ी मुश्किल से सो पाई थोड़ी देर। अब तुमने अज़ाब कर दी ज़िन्दगी। मिलने को बुलाया तो अपने दोस्तों को क्या बता रहे हो। वीडियो कॉल करके दिखा रहे हो। नुमाइश बना रखी है। हद होती है यार...और ये क्या है...जींस फाड़ दूँ क्या अब?'

यह कहते-कहते नायिका की आँखें भर आईं। नायक अब तक सिर झुकाए बैठा था लेकिन अब उसने गाल पर तमाचे वाली लोकेशन को हाथ से ढँके-ढँके सिर उठाया और बोला—'यार...रात भर प्याज़ काटा है तुमने...हाथ तो धो लिया होता ढंग से...अब तक प्याज़ की महक आ रही है हाथों से!'

यह सुनते ही नायिका हँस पड़ी। बोली—'कमीने हो तुम!'

नायक ने नायिका की आँखें पोंछते हुए कहा—'सॉरी'

अब नायिका ने नायक के कंधे पर सिर रख लिया है और उसका हाथ अपने हाथों में ले लिया!

102

दोपहर की बारिश के बाद उमस भरी शाम में एक जोड़ा वेलकम मेट्रो स्टेशन के गेट नम्बर दो के बाहर खड़ा है। बातचीत से ज़ाहिर है कि दोनों श्यामलाल कॉलेज में पढ़ते हैं और आज किसी काम से कॉलेज आए थे। लड़के ने मोबाइल को कान में लगाकर बात शुरू की—"हैलो...मम्मी थोड़ी देर हो जाएगी आने में...हाँ...अरे आकर बताता हूँ ना...हाँ!"

कन्या कहती है—"मुझे जाना होगा। आज वापस जाना है, रात को ही ट्रेन है। बस इस सर्टिफिकेट के लिए आई थी। पापा वेट कर रहे होंगें!"

लड़के की आवाज़ टिमटमाती है—"आज कितने दिनों के बाद मिली हो, तुम नहीं चाहती थी ना मिलना मुझसे?"

कन्या ने कहा—"यार तुम फिर से वो बातें मत शुरू करो। तुम्हें नहीं पता है कि पूरे लॉकडाउन पीरियड में मैं किस सिचुएशन से गुज़री हूँ। और मुझे पता था कि मिलने पर यही होगा, जो हो रहा है!"

दोनों चुप रहते हैं। लड़के ने चुप्पी तोड़ी—"कोई बात नहीं, जाओ तुम, टाइम मिले तो फ़ोन पर ही बताना कि ऐसी क्या सिचुएशन है तुम्हारी। जाओ, मेरी वजह से देर ना हो जाए तुम्हें!"

कन्या की आँखें भर आईं। काँपती आवाज़ आती है—"जाने से पहले एक बार वो आम का पौधा देख लें?"

लड़का कहता है—"एक साल हो गए ना उस बात को?"

लड़की ने कहा—"नहीं...तुम तो डेट भूल ही जाते हो। लास्ट सेप्टेम्बर में लगाया था हमने वो पौधा, पार्किंग वाले अंकल से पूछकर!"

दोनों पार्किंग की तरफ़ जाते हैं। पार्किंग की चहारदीवारी के पास लगे आम के पौधे के पास दोनों सेल्फी लेते हैं, और वापस आ जाते हैं। वापसी में कन्या कहती है—"पार्किंग वाले अंकल बदल गए। ये तो कोई और है!"

लड़के ने गम्भीरता से कहा—"लॉकडाउन ने बहुत कुछ बदल दिया!"

कन्या ने कहा—"कॉलेज की कैंटीन की दीवार पर एक बार मैंने तुम्हारा और तुमने मेरा नाम लिखा था। याद है ना?"

लड़के ने जवाब दिया—"याद है...और वो नाम अब मिट भी गया है वहाँ से!"

लड़की ने कहा—"इसीलिए तो उस पार्किंग में पौधा लगाया हमने जहाँ पर पहली बार हम तुमने प्रपोज़ किया था। सब सही रहा तो पौधा रहेगा कई दिनों तक!"

लड़के ने कुछ नहीं कहा। बस लड़की का हाथ थाम लिया। दो मिनट तक कन्या की आँखों में देखते रहने के बाद लड़के ने कहा—"अब जाओ। अपना ख़याल रखना। और बात तो करती रहा करो प्लीज़!"

कन्या मेट्रो की सीढ़ियाँ चढ़ती गई। ऊपर पहुँचकर उसने हाथ हिलाकर बाय बोला। लड़के ने भी हाथ हिलाकर जवाब दिया। और दोबारा पार्किंग की तरफ़ चला गया।

103

मेट्रो के दरवाज़े बन्द होते-होते वो लड़का अन्दर घुस गया। अन्दर आते ही सामने ख़ाली पड़ी सीट पर बैठा, लैपटॉप को पैरों पर रखा, मोबाइल कान में लगाकर कंधे से दबाया और बात करनी शुरू की—"हाँ राहुल! मैं आ गया हूँ मेट्रो में, मैंने बॉस को बता तो रखा है लेकिन फिर भी यार रोज़-रोज़ बोल के आना थोड़ा ऑड तो लगता है। चल कोई ना एक हफ़्ते की बात और है... हाँ...अच्छा सुन...मेरे मेलबॉक्स में जनकपुरी वाले स्टोर के दो बिल्स पड़े हैं, उनमें कुछ प्रॉब्लम लग रही है मुझे...एक्चुली सर को पता है...हाँ दस-बारह दिनों से इसी टाइम रोज़ उस स्टोर के दो बिल्स दिख रहे हैं...सेम टाइम यार... कुछ तो है प्रॉब्लम...एक बार चेक कर...फिर बता मुझे...हाँ...ओके...बाय।"

मोबाइल को कंधे से दबाये-दबाये ही वो उँगलियाँ लैपटॉप पर तेजी से चला रहा था। बग़ल में बैठे अंकल उसकी स्क्रीन को देखकर समझने की नाकाम कोशिश करके अपने मोबाइल में देखने लगे। लड़के ने दोबारा कोई नम्बर डायल किया—"हैलो...शिव बोल रहा हूँ...सुनो...डीटेल्स चेक कर लियो फ्री हो के...हाँ तो भाई कर ले आराम से...उसके बाद ही चेक करना...ओके।"

लैपटॉप को आराम देते हुए उसने बन्द किया। लैपटॉप को बैग में रखा। फिर मोबाइल निकालकर फिर बात शुरू की—"हैलो...हाँ भइया...508 से बोल रहा हूँ...हाँ...हाँ वही...हाँ...लस्सी तो कर ही दो, चार सौ ग्राम जलेबी, चार सौ ग्राम पकौड़े मिक्स...हाँ...चटनी-वटनी अच्छे से पैक कर देना...हाँ... रोज़ ही के टाइम...हाँ बस बीस-पच्चीस मिनट में...बिलकुल!"

उसके बाद मुस्कराहट के साथ उसने एक नम्बर मिलाकर बात शुरू की—"हैलो...अनीस...अबे उठ जा साले...सोता रहता है...छे बज गए... और सुनो बेटा आज भी तुम्हें इफ़्तारी में समोसे खिलाऊँगा...क्यों...तुम साले हर मंगलवार को तीन सड़े केले शाम को लाकर पकड़ा देते हो, उसमें से

एक खुद ठूँस लेते हो तब नहीं...मेरी मर्जी...मैं तो समोसे ही खिलाऊँगा... अब उठकर नहा धो ले...आ रहा हूँ आधे घंटे में...ना...कोई प्लीज़ काम नहीं करेगा...आएँगे तो समोसे ही...अच्छा बेटा...तुम्हारे खानदान में भी पी है किसी ने लस्सी आजतक...चाय बना दूँगा...पीनी हो तो पी लेना...नहीं तो भाड़ में जाओ!"

फ़ोन कटने के बाद शिव ने मोबाइल जेब में रखा। सिर मेट्रो की दीवार से टिकाया और आँखें बन्द कर लीं। आज़ादपुर मेट्रो स्टेशन पर रुकी हुई मेट्रो जब चली तो प्लेटफ़ॉर्म के एक सिरे पर डिजिटल घड़ी के ऊपर बैठे चारों पंछी एकसाथ आसमान में उड़ चले।

104

मेट्रो में एक बुज़ुर्ग महिला बैठी हैं। साथ उनकी बेटी है। दोनों भोजपुरी में बातें कर रही हैं। बातों का टॉपिक गाँव का कोई परिवार है जिसमें सभी लोग बहुत घमंडी हैं! बिटिया को माँ सीख दे रही हैं कि जब रावण का घमंड चूर-चूर हो गया तो ये लोग किस खेत की मूली हैं। बिटिया माँ को दिल्ली के दंगों के वीडियोज़ मोबाइल में दिखाने लगती है!

कुछ देर वीडियो देखने के बाद माँ ने पूछा—'बहिनी ई दंगा कब तक होवै के आदेश बा सरकार के?' इस प्रश्न के लिए बिटिया तैयार नहीं थी। उसने चौंककर पूछा—'मतलब?' माँ ने प्रश्न दोहराया, तो बिटिया ने कहा—'सरकार थोड़ै ना दंगा करावे के आदेश देहले बा?'

माँ के चेहरे पर सारी उम्र का अनुभव उतर आया। चेहरे पर बिटिया की अबोधता का मज़ाक़ उड़ाती मुस्कराहट की लकीर उभर गई और वे बोलीं—'बै...तोहके का पता...बिना सरकार के आदेस के कुछ्छो नाही होत!' बिटिया ने प्रतिवादस्वरूप अपना ज्ञानात्मक प्रश्न किया—'कौन सरकार देहले बा आदेस...दिल्ली वाली या केन्द्र वाली?'

माँ के चेहरे पर उभरी वो लकीर और गाढ़ी हुई। उन्होंने जवाब दिया—'जइसे भगवान एक हैं बस नाम अलग-अलग होत है वइसे सरकार कुल एक्के होत हैं...बहिनी एतना उमर तक हम बहुत सरकार देखले हीं...बहुत दंगा देखले हईं...हमके सिखावा मत!'

बिटिया चुप हो गई!

105

शालीमार बाग मेट्रो स्टेशन का गेट नम्बर एक कोरोना आने के बाद से अब तक बन्द है! उससे सौ मीटर की दूरी पर सर्विस रोड के किनारे चार-पाँच झुग्गियाँ हैं, जिनमें रहनेवाले कुछ मूर्तिकार हैं, जो फ़ुटपाथ पर छोटे-छोटे ईश्वरों को रखे रहते हैं। झुग्गियों के बग़ल में गणेश की दो बड़ी मूर्तियाँ, लगभग आदमकद मूर्तियाँ रखी धूल फाँक रही हैं!

गणेश की मूर्तियों के बीच दो छोटे बच्चे लुकाछिपी खेल रहे हैं। वहीं बैठी एक औरत चूल्हे में उम्मीद पका रही है। छोटे से खटोले पर बैठकर एक पुरुष हुक्का पी रहा है। हाथ में बैग लिए एक आदमी वहाँ पहुँचकर उस पुरुष से पूछता है—'भाई यहाँ रहने के लिए कहीं होटल मिल जाएगा क्या?'

दो बार पूछने पर पुरुष हिकारत से गणेश की मूर्ति की ओर देखकर थूकता है। गणेश की गोद में बैठे अपने बच्चे को डाँटता है और फिर उस आदमी को जवाब देता है—'भाई...यहाँ सड़क है रहने के लिए...होटल का मुझे नहीं पता!'

गणेश की गोद में बच्चे के बैठने पर उतनी जगह की मिट्टी साफ़ हो जाती है लेकिन कुछ ही देर में फिर वहाँ धूल जम ही जाएगी।

चूल्हे से उठता धुआँ मूर्ति की आँखों में जा तो रहा है लेकिन उन आँखों का पानी मर चुका है शायद! हुक्के का धुआँ सड़क की धूल से मिल जा रहा है।

106

मेट्रो में लक्ष्मी नगर स्टेशन से एक अंकल जी पधारे हैं। बैठते ही उन्होंने बैग से एक फाइल निकाली और कैलकुलेटर निकाला, ताबड़तोड़ कैलकुलेशन कर रहे हैं। फाइल खुली है। बैग गोदी में रखा हुआ है। कुल मिलाकर अंकल जी ने एक आदमी के बैठने की सीट और घेर रखी है। जोड़-घटाना कर रहे हैं और एक पेपर पर लिखते जा रहे हैं!

एक लड़का खड़ा होकर सब क्रियाकलाप देख रहा है। वो बैठना तो चाह रहा है लेकिन लिहाज के मारे अंकल से कह नहीं पा रहा है कि ख़ुद को समेट लीजिए और अंकल हैं कि ध्यान ही नहीं दे रहे हैं। लगे पड़े हैं बस!

अगले स्टेशन से एक आदमी चढ़ा और बिना ध्यान दिये अंकल के बग़ल में बैठ गया। अंकल ख़ुद ही सिमट गए लेकिन उन्होंने अपना काम जारी रखा। उस आदमी ने बड़ी बारीकी से अंकल के काम पर नज़र डाली और कुछ देर बाद बोला—'भाई साहब! आपके अकाउंट में पन्द्रह लाख आ गए क्या?'

अंकल ने जवाब में सवाल पूछा—'मतलब?'

उसने कहा—'अरे बन्द कर लो इसको, आराम से बैठने दो!'

अंकल जी ने अपना सारा माल-असबाब बैग में रखना शुरू कर दिया है!